増補版

俺、マジダメかもしれない…

「急性リンパ性白血病」で
逝った最愛の息子へ

高野由美子

太陽出版

目次

高校三年生の体育祭で、仲間と

はじめに

「敏行、今かなり厳しい状態です。お願いがあります。トムくんからできるだけたくさんの仲間に頼んで、メールして励ましてやってほしいと言ってもらえませんか？　ぜひ、お願いします。今は敏行の生命力がすべてです。生命力に賭けるしかありません。お願いします」

敏行が亡くなる前の日だった。朝、主治医の石黒先生に再発したと言われ、ドナーの骨髄に頑張ってもらうしか治療法がないと宣告された時、とにかく敏行の生命力、気力、奇跡を信じるしか道はなかった。母親として何もしてやることができなかった。ただ、そばにいて、励まし勇気づけることだけ……。私にできたのは敏行の仲間から、たくさんの頑張れメールを送ってもらうこと。それくらいしかやってあげられなかった。敏行の持っている生命力、免疫力が高められれば……そう思った。

敏行が保育園、小・中学校、高校、行くはずだった専門学校。そこにはずっと一緒だった仲間の西村都《と》武《む》くんがいた。トムくんの母親のひろみさんとも保育園からの付き合い。私はどうしようもなく辛い時、話を聞いてもらいたい時、ひろみさんによくメールや電話をした。敏行のことでトムくんにお願いがある時にもひろみさんに頼んでいた。本を書くことの後押しをしてくれたのもひろみさんのお母様だ。西村家には本当にお世話になった。

10カ月の壮絶な闘病生活、過酷だった治療、敏行の最後の日を絶対忘れないように、毎日毎日必死になって思い出していた。毎日毎日……「あの時すごく辛かったんだよね。分かってあげられなくてごめんね。何のためにずっとそばに付いていたんだろうね。何の役にも立たないお母さんだったね、ごめんね」

なぜ、あの時こうしてあげなかったのか、なぜもっと優しくしてあげることができなかったのか、なぜもっと……思い返すとだんだん後悔が積み重なってきた。毎日必死に思い出そうとしなくても済む方法はないだろうか？　そして思いついたのは、文章として残すということだった。

「文字にして残せばいい！　敏行のすべて、私の思っていることのすべてを書いて閉じ込めてしまえばいい！　そうだ、本を書こう！」

これでもう、わざわざ思い出そうとしなくて済む。本を開けば、その時のことが鮮明に蘇《よみがえ》る。それでいいと思った。

だが、私に文章が書けるだろうか？　長文を書いたことのない私が、言いたいことが伝わる文章を書けるのだろうか？　大それた挑戦だけど、敏行の中身の濃い、人の何倍にも濃縮された18年をどうにかして形に残したかった。18年間、一生懸命生きた証を。私自身、敏行の死のすべてを書き留めない限り、私の中では何も終わらないと思った。私が毎日書いていた日記は敏行が元気になったら「お母さんの気持ちはこうだったんだよ」って見せてあげるために書いていたもの。こんな形で本となり残すことになるとは、思いもしなかった。

敏行、白血病を克服した喜びを分かち合いながらこの日記を二人で見たかったね……。

第一章

最愛の息子　敏行の生い立ち

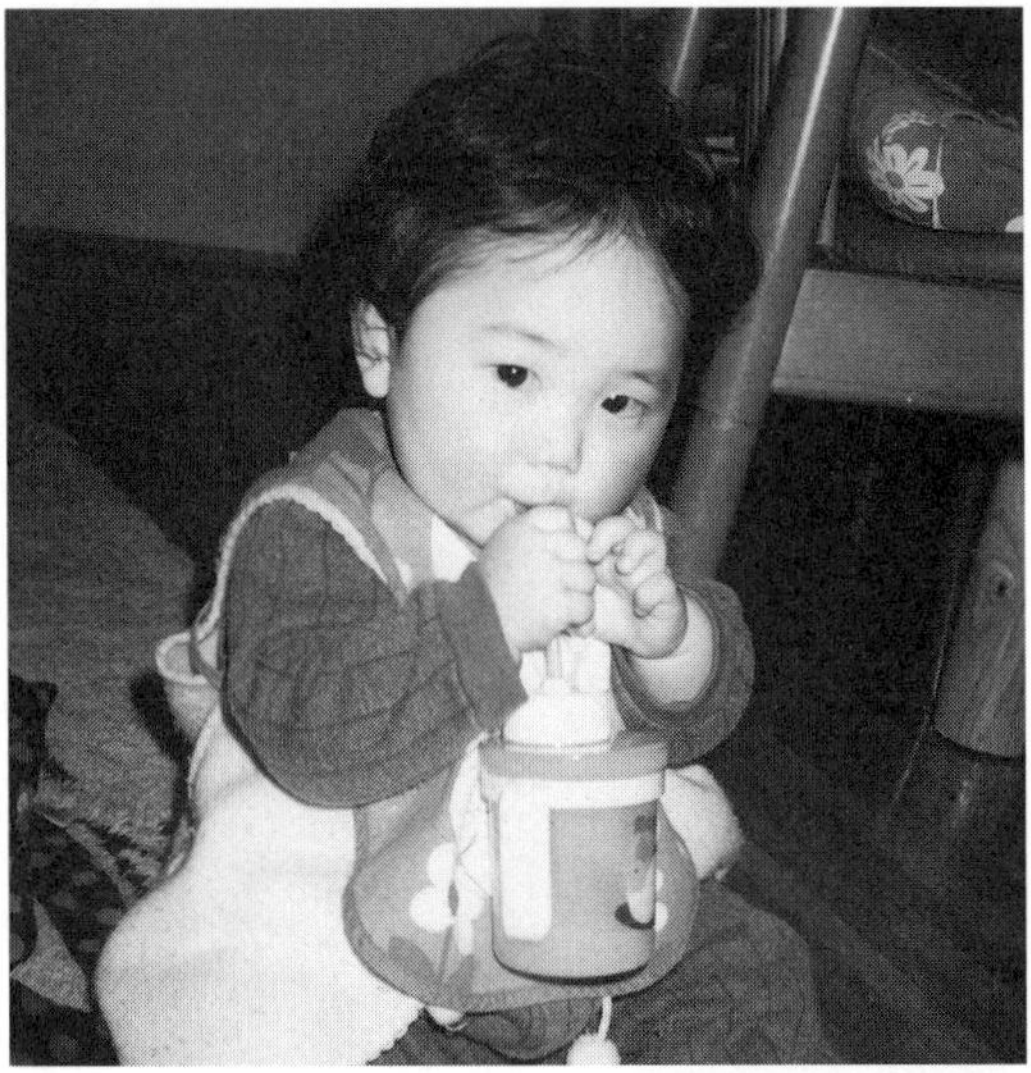

敏行、生後六カ月頃に

敏行、誕生

息子の高野敏行《としゆき》は、昭和61年7月17日、父、豊《ゆたか》と母、由美子《ゆみこ》の長男として生まれた。その後、妹の長女祥子《しょうこ》、次女律子《りっこ》が生まれ、三人兄妹となった。

敏行は新潟こばり病院で予定日より2週間早く生まれた。へその緒が2重に巻かれていたのだが、なんとか無事に元気な産声を上げてくれた。でも、お乳の飲み方が下手で、飲んでもすぐに噴水のようにお乳を吐いてしまっていた。吐くことを繰り返すと負担がかかるので、お乳を一時やめて点滴をしながらお腹の中を空にすることになり、私は最初抱くこともできなかった。それでも、そのうち鼻からチューブで少しずつお乳を与えることができ、徐々に量が増え、なんとか無事退院することができた。

家に帰ってきても上手にお乳が飲めず、ゲップと一緒に勢い良く大量に吐いていたけれど、次第に体重も順調に増えていき、大事には至らなかった。夜泣きもひどく、夜中に何度もお乳を与えていた。気づくとおっぱいを出しっぱなしで寝ていたこともあった。とにかく、初子でしかも男の子。本当に手のかかる子だった。親も初めてのことばかりだったので、子育ての不安が敏行に伝わったのかもしれない。

自営業を営んでいるため、男の子を授かったことを主人、祖父母も大変喜び、主人はいつも配達に行く時に、敏行を助手席のチャイルドシートに乗せ、どこへ行くにも連れて行った。2、3歳の頃は「配達に行くよ！」と声がすると、喜んで車に乗って付いて行っていた。後でわかったのだが、配達に行くと、必ず敏行にお菓子やジュースを買ってやっていたらしく、敏行は配達に行くことはお菓子を買いに行くことだと思っていたようだ。配達先の方々にも可愛がってもらい、皆さんに愛されて育った。

それから、幼稚園、小学校、中学校と、赤ちゃんの頃の心配をよそに、敏行は元気に成長していった。

念願の高校に入学

そして15歳、新潟県立加茂高等学校に入学。

無理だと思っていた加茂高校に入学できたことを敏行はすごく喜んでいた。地元の県立高校で交通費がかからないので親孝行してくれた、と私も喜んでいた。そして父親の母校でもある高校。もちろんお父さんも喜んでいた。

入学当初、敏行は私に「友達ってどうやってつくればいいん？」と聞いてきたことがあった。私は変なことを言う子だなぁと思ったが、よく考えると、よその学校との合併がない中学校だったため、それまで保育園の頃から毎年同じ顔触れだったのだ。そのため新たに友達をつくる努力はいらず、敏行にとっては真剣な悩みだったようだ。

最初の頃はお昼の時間に、各クラスから若宮中学出身の男子が廊下に集まってきて輪になりお弁当を食べていたそうだ。その輪の中から一人抜け二人抜けしていくのに、輪の中にいつまでもいる仲間もいたらしく、中学の女子が心配して中学の先生に相談に行ったこともあったそうだ。敏行はお陰さまでその輪の中から早い内に消えることができた。少しは協調性があったのだろうか？　高校生活始めから頭を悩ませた出来事だった。

高校へ入り、敏行にとって人生初の挫折《ざせつ》があった。小学校からずっと続けてきたバスケットボール。ずっと選手として活躍して頑張ってきたから、自分はある程度できると思っていたらしく、部活の仲間との力の差に戸惑ったようだ。体の大きな生徒もいて、とても自分はついて行けない、選手にはなれないと思ったらしく、あんなに大好きだったバスケをやる気にならなかったようだ。放課後帰ると、部活をサボったと思われるのが嫌で、授業中黙って家に帰ってきたことが2、3回あった。

よくよく話を聞いてみると自信をなくして落ち込み、「バスケをやめる」と言ってきた。お父さんが「俺もバスケやっていたけど、3年間続けられなかった。敏行には続けてほしい」と説得し、退部はなんとか思いとどまってくれた。そして思いとどまったことで、この高校のバスケの仲間は、かけがえのない大切な仲間となった。続けていたからこそ体力、精神力を鍛えることができたのだと思う。私は、この挫折をバネにしてくれたことが本当に嬉しかった。

後日、コーチの小山さんから話をうかがったところ、敏行が部員の中で一番筋肉がついていて、部活が終わった後も自主練習に励み、マネージャーがつけていた記録に「平成15年度フリースロー第1位」とあって、その後も記録は破られなかったそうだ。毎日2本打つシュートで、敏行は2本とも決めるか1本外すかだったようで、かなり頑張っていた。小山さんは自衛隊の方で礼儀や筋トレがかなりキツかったらしく、敏行の話を聞いていると、よくテレビで見る自衛隊の訓練が頭をよぎった。休みの日の部活の練習に遅れそうになった時、こんな会話があった。

「マジやべ〜！」

「何が？」

「遅刻した時間だけ空気イスやらないとダメなんだ〜！」

「それはいいことなんじゃない？　社会に出たら遅刻なんて通用しないんだから。コーチ、いい考えだわ！」

「お母さん何にも知らないくせに！」

　この小山さんの考えたペナルティーにより、だんだん遅刻者も少なくなってきて、今度は連帯責任で、一人でも遅刻したら部員全員で空気イスをやることになり、責任感も養われたと思う。小山さんが新発田《しばた》駐屯地への異動が決まった時、部員が色紙に寄せ書きをして小山さんにプレゼントをしたのだが、敏行のメッセージには、「今までありがとうございました。今までの地獄の特訓を思うと、骨髄移植なんてへとも思いません！俺も頑張って生きるから小山さんも頑張ってください」とありました。小山さんはこの言葉を読んで今まで自分がしてきたことが正しかったのか……と悩んでいらっしゃった。

「軍隊みたいな筋トレだからマジきつい！」と敏行は言っていたが、私は間違っていなかったと小山さんに断言した。小山さんのお陰で、体力、精神力、気力、忍耐力、仲間との信頼関係……すべて敏行は身につけたと思う。だからどんな辛い試練、治療にも「なったものは仕方ない。前向きに考える」と言うことができたのだと思う。強い精神力で最後まで頑張れたのだと思う。本当に小山さんには感謝している。ありがとうございました。

　また敏行は1年生からバンドを始めた。バンド名はＷＡＣＫ—Ｃ。お小遣いを貯めて買ったのが、ベースだった。ピアノを習っていたのでキーボードをやるのかと思っていたのだが、やっぱりギターに憧れたのだろうか？　文化祭でライブをやると聞いたのでどうしても観に行きたかったが、「高校の文化祭に親は来ない！」と強く言われてしまった。でも、あきらめきれず、敏行の仲間のミハルちゃんに頼んで極秘でビデオを撮ってもらい、ひそかに楽しんでいたが、なぜか敏行に見つかってしまい消されてしまった。敏行がいなくなった今、あの初ライブが見られなくなったことが残念でならない。

　敏行は何度かライブを重ねていくうちに、ベースの腕前が上がり、その上達ぶりには本当にビックリさせられた。初めの頃、お父さんに「どうやって弾くんだ〜？」と聞いていて、本当に弾けるようになるのだろうか？　と心配していたが、バンド仲間のオサム君に、「トッスィーかなり練習していましたよ。人の何倍も練習していたと思います。すごい上達ぶりでした」と話を聞きました。

敏行！　1度くらい親をライブに招待してほしかったな。敏行がベースを弾いている姿、見たかったよ。

2年生の時、修学旅行で行った沖縄に敏行はすごく感動したらしく、「絶対もう1度行きたい！」とよく言っていた。新しい刺激、発見がたくさんあったのだと思う。飛行機での旅も初めてだったので、それにも感動していた。

3年生の体育祭では、赤軍《あかぐん》の応援団になった。体育祭当日だけは、どんな格好をしても許されるらしく、敏行の髪は金髪で眉毛も細く、黒のつなぎの衣装を着て赤いバンダナを首に巻き、とてもカッコ良く楽しそうにダンスをしていた。高校生にもなると迫力があり、見ていて気持ちが良かった。敏行と「ペアを組みたい！」と言う女の子がたくさんいたらしく、敏行はちょっといい気分だったのかな？　毎日夜遅くまで練習をしていくうちに赤軍の団結も強まったようだ。団員全員がこの体育祭に賭けているように感じられた。その後も大切な仲間になり、敏行にエールを送り続けてくれた。

保育園から高校まで、あらゆる行事を通じて敏行の成長していく姿を見てきたが、本当にどの時も輝いていて、力をすべて出しきって一生懸命頑張っていたように思う。私もそのつど敏行の新しい発見ができ、とても楽しかった。みんなで集まって遊ぶ時も「集まろうぜ！」と声をかけ、何をするにも中心になっていたようだ。敏行が何かのプロフィールで「寂しがりです」と書いてあるのを見たことがある。なので、きっとみんなといると安心できたのかもしれない。中学の仲間が「俺たちが今も仲良くしていられるのは、いつもトッスィーが声をかけてみんなを集めてくれていたからだと思います。トッスィーがいなかったら、俺たちの友情もなかったし、楽しい思い出もなかったと思います」と言ってくれた。本当に敏行には素晴しい、かけがえのない仲間がたくさんいた。仲間とのたくさんの楽しい思い出を残してくれてありがとう。敏行は私たち夫婦の自慢の息子である。

忍び寄る悪魔

高校生活最後の夏休み。敏行は部活も引退し、休みを満喫していた。親の心配をよそにライブに向けて、夜遅くまでスタジオを借りて練習に励み、かなり力を入れていた。休みに入ってすぐ「疲れた～」とよく言っていたが、気にも留めていなかった。

加茂市は祭りが多く、４月から始まって７月以外、９月まで毎月ある。敏行は必ず祭りに出かけて行き、夜遅くまで遊んでいた。それでも足りないのか、隣町の祭りに行ったり、花火で有名な長岡まつりの花火まで見に行ったりしていた。それで「疲れた～」って言われても「そんなに遊んでいたら当たり前でしょう！　寝不足もあるし、いっぱい寝てごらん」と、その時はあまりの不摂生に怒るだけだった。何日かしたある日、「俺、のどが変だ。風邪ひいたかもしれない」と言う。ちょうどその頃、皮膚科にかかっていたので、ついでに受診するように勧めた。

「ただの夏風邪だって！」と、風邪薬を処方され飲んでいた。それで安心したのか、中学の仲間と海でキャンプ、１日置いて高校の仲間とまたキャンプと遊び続け、風邪もなかなか治らなかった。私も「いい加減にしなさい！　連日連夜遊びほうけているから治るものも治らないでしょ！」とその頃にはかなり怒っていた。しまいには「ぶつけていないのに足にあざができた」というので、「騒いでいるから知らないうちにぶつけたんじゃないの？　また医者に行った時、診てもらいなさいよ」とあきれているだけだった。けれど受診し「……紫斑《しはん》病」と言われ、止血剤を飲んでいるのにもかかわらず、あざは増える一方だった。敏行も「難儀」「気持ち悪い」「目まいがする」と言いだし、薬が合わないかもしれないから、と飲むのをやめさせた。本当に辛いのならおとなしく休んでいてくれたらいいのに、「難儀」と言いながらも遊んでいたので、私もまったく気づかなかった。後で分かったのだが、体育祭のダンスの練習の時から、「なんで俺だけこんなに疲れるん？」と言っていたらしい。

そしてあざをつくったまま8月27日にライブハウスでライブを行ったのがかなりきつかったらしく、ライブ終了後、みんなでラーメンを食べに行った時に仲間から「かなり辛そうだから早く休んだほうがいい」と言われていたそうだ。そうして体調がスッキリしないまま夏休み最後の日になり、「明日から学校だから加茂病院行って診てもらおうよ」と、お父さんに病院へ連れて行ってもらい、私が迎えに行くことにした。病院へ連れていく時、お父さんは「ほら、見て……」と敏行の口の中にできたドス黒い口内炎のようなものを見せられ、ゾッとしたと言っていた。敏行は途中車の中で、

「俺、白血病かもしれない……」

と言ったそうだ。

「何、言ってるんだ！　そんなことあるはずないだろ。テレビの中の話だよ」

その頃敏行は『世界の中心で、愛を叫ぶ』のドラマを欠かさず見ていたので「俺と同じだ」と思っていたようだ。

自分の〝命〟を予知していたのか、その年は今までにないくらい遊んでいた。一生分遊んだように思う。

第二章

ガンからの挑戦状

「嘘でしょう？」

高校の美術選択授業で描いた、修学旅行に行った沖縄の思い出
タイトル　「海と空とハイビスカス」

嫌な胸騒ぎがして、敏行の電話を待たずに病院まで迎えに行こうと車を走らせている時、敏行から電話が入った。

「先生がお母さんをすぐ呼んでください、だって……」

「今向かっているからすぐ着くよ。先生、何だって？」

「聞いてない。看護師さんたちが、慌ただしく動いてるけど……」

「分かった。もうすぐだから落ち着いて待ってて」

「すぐ来て……」

元気のない声だった。きっと何かある、と思いながら急いで病院に向かった。

敏行の姿を見つけ急いで駆け寄り、「大丈夫？」と聞いた。

「俺、何なん？　俺のことでみんなバタバタしてるんけど……あざ見せたら皮膚科に行ったほうがいいって言われたから、『お母さんによく診てもらってきなさい』って言われたって言って食い下がったら『じゃあ血液検査でもしておくかね』って。何なんあの医者！」

「そう……大丈夫だよ。風邪ひいてるのに騒いでいるから、風邪こじらせたんじゃないの？」

「……」

診察していただいた先生とは別の先生で、院長先生に呼ばれ、私だけ診察室に入り話を聞いた。

「血液に異常が見られ、白血病の疑いがあります。入院の支度をしてがんセンターへ行ってください。本人には貧血と言っておきましょう」

「白血病？　敏行は大丈夫なんですか？」

「とにかくすぐ行ってください」

嘘でしょう？

なぜ敏行なの？

何かの間違いに決まっている！

私はお父さんにすぐ連絡を取って一緒にがんセンターへ行ってもらった。着いたらすぐに骨髄検査、さまざまな検査を済ませ、東病棟7階（血液内科）の六人部屋に入院することになった。

第三章　そして病との闘い

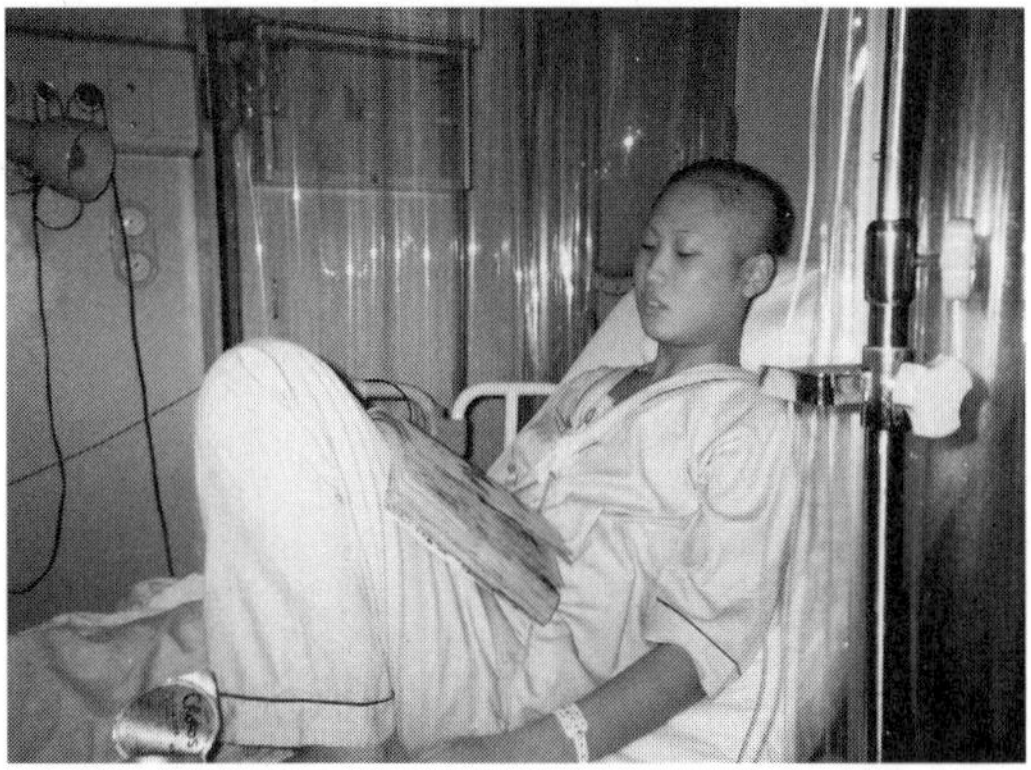

初めて坊主にしたとき。この頃はまだまだ元気一杯で
写真を撮られることを嫌がっていた

闘病記録①　8月31日〜3月3日

平成16年8月31日（火）1回目の入院、白血病の疑い？

今日、加茂病院で白血病の疑いがあると言われる。えっ？　なんで？　どうして敏行なの？　……信じられなかった。先生の話も遠くから聞こえてくるようだった。血の気が引くってこのことかと初めて分かった。頭のてっぺんから血が下がってくるのを感じた。お父さんに電話で「白血病だって……」って言うのが精いっぱいだった。お父さんも「何？」って信じられない様子だった。敏行が病院に行く時に車の中で「俺、白血病かもしれない……」と言ったらしいが、それが本当になってしまった。お父さんに来てもらい、一緒にがんセンターに行ってもらった。着いてすぐ血液検査、尿の検査、骨髄検査をして血小板の輸血をした。輸血は内出血を防ぐためで、脳に内出血を起こすと命にかかわるらしい。検査結果の説明を明日の10時に聞きに来ることになった。輸血で赤い血のほかに黄色い血小板があることを知った。敏行も動揺しているようだ。

　どうして敏行なの？　何も悪いことしていないのに、私に罰を与えないで。どうして敏行なの？　私への見せしめ？　私に罰を与えればいいのに。どうか間違いであってほしい！

9月1日（水）告知

白血球数　14万９３００（通常３０００〜９０００）／血色素量　11・７（通常15・０）／血小板数　３万５０００（通常15万〜40万）

お父さんと10時に説明を聞いた。やっぱり間違いなく、急性リンパ性白血病だった。

あの恐ろしい血液のがん……普通なら白血球が1万弱のところ15万にも増えていて、骨髄液の白血病細胞（がん細胞）が95％を占めているから、正常な血液細胞が減少している状態。血小板が15万〜40万あるはずのところ3万しかないため、足に内出血を起こしたらしい。もう少し遅かったら、頭の血管が切れて出血を止められない状態だったそうだ。治る確率は70〜80％。とにかく命だけは取り留めた。よかった。抗がん剤治療を繰り返したら骨髄移植までしないと、白血球が15万という数では必ず再発するとのことなので、骨髄移植（造血幹細胞移植療法）をお願いする。抗がん剤による化学療法で寛《かん》解《かい》（症状がほぼなくなること）導入を目的とし、今回の治療は寛解導入療法（ＶＥＰＡ療法）をする。とにかく命を助けてほしい！　明日からの抗がん剤治療のために中心静脈カテーテルを局部麻酔で挿入した。左右どちらかの胸（鎖骨の下辺り、今回は左側）

に針を刺し、直径1ミリ、長さ20センチ程度の細長い管（カテーテル）を静脈に入れ、心臓近くの大静脈まで進ませて皮膚に固定した。カテーテルを入れないと抗がん剤が血管外に漏れてしまい、皮膚潰瘍《かいよう》、壊死《えし》を起こしたりするらしい。それほど抗がん剤は強く怖い薬だ。あと、治療のため何度も採血をするので苦痛が大きいため、輸血もあらゆる点滴もカテーテルで行うことになった。そのほうが手の自由もきくから楽でいいかもしれない。今日も血小板の輸血をした。

学校へ行って担任の桑野先生と養護の知野先生にお会いして説明をしてきた。二人ともかなりビックリしていた。当たり前だ。明日から1週間に1回、5回抗がん剤を投与する。まったく未知の世界だからこれから先どうなるのか不安だ。敏行に告知した時どんなに取り乱すかと思ったら、目まいがしたくらいで冷静だった。私のほうがしっかりしないとダメなのに……敏行、お父さんとお母さんが絶対に治してやるから！　見離しもしないし裏切りもしない。一緒に頑張ろう！　敏行の気持ちを考えると、どんなに辛いか……そばにいても励ますことしかできないけど、ずっとついているからね。後悔だけはしたくない！

9月2日（木）いよいよ治療開始、生きるか死ぬか

白血球数　14万6400／**血色素量**　10・8／**血小板数**　5万8000

今日から抗がん剤の治療が始まった。今日は1回目。オンコビン30分、アドリアシン30分、エンドキサン2時間をそれぞれ行う。抗がん剤を投与している間、常にソリタT3（水分補給）＋アスコルビン酸（膀胱炎《ぼうこうえん》予防）を3時間点滴する。治療が終わるとエンドキサンが排尿障害を起こすため、ラシックス（利尿剤）で薬を外に出した。長く体に残しておけないらしい。もったいない気がするが……。内服薬のプレドニゾロン（副腎皮質ホルモン）を1カ月服用。食欲を出させて元気にする薬で、ホルモン剤のため顔がムーンフェイスになる。抗がん剤の副作用は吐いたりするので食欲もなくなり、かなり辛く体力を消耗すると聞いたことがあるが、吐き気止めのお陰で吐くこともなく、逆に食事しながら顔色を変えずに点滴をしているかのように順調に終わった。私の知識は当てにならないことがよく分かった。主な副作用は、吐き気（ほとんどない）、食欲不振（点滴でカバーする）、便秘（下剤を使う）、脱毛（必ず生えてくる）、骨髄抑制（免疫力の低下）。今は薬も医学も進歩しているのを感じた。

治療後に個室へ移ることになった。気兼ねすることがないからよかったかもしれない。個室のベッドにはビニールの覆い（ビニールのカーテンのついた器械で上、左右をベッ

ドの半分くらい覆って、頭のほうから足に向けて、常にきれいな空気が流れている）が備え付けられている。敏行はまだ動揺しているらしく「俺、死ぬんだ？　治るんだ？」としか言わない。治る確率が70～80％って言われても敏行にとってはゼロか一〇〇、生きるか死ぬかだ。どんなことがあっても、私の命と引き換えにしてでも、絶対に治してやるからね。敏行の〝命〟、お母さんとお父さんと石黒先生が預かったから。必ず敏行を助けるから。敏行のためなら何でもするから。一緒に闘っていこう！

　新学期早々学校を休んでいるからかなりみんな心配しているらしく、仲間からメールや電話がたくさん来ていた。担任の桑野先生も「収拾がつかなくなって、ごまかしが利かなくなってきました」とおっしゃっているので、仲間にも病気のことを言うことにした。分からないと何もしてあげられない。分かっていればやってあげられることがあると思う。親よりも仲間の励ましが大きいと思う。いっぱい仲間がいるからありがたい。これから先、仲間の力が必要になる時が来ると思う。その時は力になってもらおう。絶対治すから大丈夫だよ！

仲間からの頑張れメール

☆「トッシーが戻ってくるのを待ってるょ♡　トッシーのことすんごぃしゅき♡　になっちゃたからね(^^)v　お見舞いだっていっぱぃ行くよぉ!!　暇ならメールしてッ。トッシーパワーで元気になってネだぃすきだぁ〜い！♡」

☆「まぁ、あいちゃんいつでも暇だからひとりで寂しくなったりあいちゃんが恋しくなった時ゎメールしなさぃ(^^)　いつでもお相手しますょ♪　くだらない話でもしましょってぇ♪」

☆「偉いね！♡　これからかなりツライ治療になると思うけどなんかあったら何でも言ってね!!!!　(*^_^*)　みんな心配してるけど何より一番心配してるのはトッシーだしね。ちょー不安だし、怖いし、ツライし、苦しいかもだけど力になりたぃ…っす(^^)/！」

9月4日（土）通院していたのに……

白血球数　1万4000／血色素量　9・5／血小板数　3万3000

祥子も律子もかなり心配していた。骨髄液が95％もがん細胞に侵されているって言われたが、なんでこんなになるまで分からなかったのだろう？　夏休みに入ってすぐ体調を崩し、1カ月以上も医者にかかっていたのに……37度ちょっとの微熱が何週間も続いていたのに……なぜ血液検査もしないであざを見ただけで、「……紫斑病」なんて勝手な名前をつけたのだろう……夏休み中、医者にかかりながら「疲れた、気持ち悪い、めまいがする」って訴えているのに、なぜ気づいてもらえなかったのだろう？　私もなぜ気づいてやれなかったのだろう？　遊びすぎ！　不摂生！　としか言わなくて気づいてやれなかった。敏行に何を言われても、私も一緒に医者に付いて行くべきだった。ごめんね……神様はこんなにもすごい試練を敏行に与えて、どうしてほしいのだろう？　敏行が何悪いことをしたっていうのだろうか？　石黒先生はこの病気は原因が分からないし遺伝でもない、どんなに規則正しい生活をしていても、なるものはなる、とおっしゃっていた。何らかのはずみで突然白血球に傷がつき増殖するのだそうだ。遊びすぎだと言って敏行を責めてごめんなさい。親として、失格だ。

9月9日（木）ただそばにいるだけ……

白血球数　7100／**血色素量**　8・7／**血小板数**　2万8000

2回目の治療。オンコビン30分、アドリアシン30分。エンドキサンがないから前回より早く終わった。健康な状態であれば、白血球がバイ菌やウイルス、カビと闘ってくれる。抗がん剤の治療などによって白血球が減少すると、肺炎や腸炎などの感染症を起こしやすくなる。赤血球が酸素を運んでくれて、赤血球が減少すると貧血（息切れ、疲れやすくなる）を起こしやすくなる。血小板が血を止めるかさぶたをつくり、これが減少すると出血を起こし血が止まりにくくなる。改めて勉強し直した。抗がん剤は、がん細胞にはすごくよく効くが、良い細胞もダメージを受けてしまうから大変だ。副作用で腸の動きがかなり悪くなっているから、便秘に苦しんでいる。お腹をさすってあげたいけ

仲間からの頑張れメール

☆「とし～大丈夫かぁ～(T_T)？？　とっすぃーいなくてさみしぃョ(^^)　早く元気になってまたみんなで一緒にバカやったりしよッッ (^_-)」

☆「とっしぃ元気かぁ！？　元気な訳なぃとゎ思うけど病ゎ気から!!　だょ(˘o˘)　としがいなぃからぁたしの後ろの席ゎすきま風がふいてるかのょうにさみしぃよ(T_T)　早く戻って来いょ!!　またばかみたぃな話しよぅよ☀　やっぱさとっしぃが①組にいなぃと①組じゃないよ!!!!　だから早く①組にぉいで♡　早く来ないとゥチラから会いに行っちゃうからね♡　テカもぅ行くから待っててね♡　本当さ…今すっごぃ辛いと思うけど①組の皆本気で心配してるから…とっしぃにゎぅチラがぃるんだっけネ！」

☆「とし♪　トモコだょ(^.^)　全然会ってナィけど元気シテるんかぁ？　今日初めてとしの病気の事聞ぃたょ(T_T)　ミンナ心配シテるょっ！　病気の事トカょくゎかンなぃしヘタな事言ぇナィけどとし絶対負けちゃァ～駄目だょ!!　コレカラ辛ぃ事トカ苦しぃ治療トカで体ボロボロになるカモだケド　♡心♡　マデ負けたらとしの負けなンだカラね!!!!　ダカラ絶対に負けンなょ！　とし強いじャン！　病気ナンてぶっ飛ばせょっ！　近いうちにぉ見舞い行くッケさ、ガンバ！　お大事に♪　またね(^_-)」

☆「アタシ達がついてるからね(^.^)♪」

☆「トッシーがいないと若宮が盛り上がんないからさ(^_-)♡♡　治ったら若宮のミンナで温泉行く予定だから早く治そうね(^.^)♪」

☆「としー(^^)!!　まぢぅちらが一緒♡　だッテこと忘れなぃでょォォ」

☆「とっしぃー病気何かに負けるな!!　早く良くなって学校行こうぜ待ってるよ(^.^)」

☆「とっしー元気か！？　とっしーに会えないとさびしいっす！　早く会いたいっす！　とっしーが早く良くなって遊び行きてーし…♪　だっけ頑張れよ!!　俺待ってるっけな!!　(^^)v」

☆「重病だけどがんばってね！とっすぃならすぐ良くなるよ♪　今度お見舞いに行きます。それとｗＡＣＫ―Ｃは解散することになったよ。加茂高祭も出ないことになったから…早く元気になるのを待ってます」

ど、敏行が嫌がってやらせてくれない。照れているのか？　もっと甘えてほしい。何もしてあげられないことほど、歯がゆくて切ないものはない。「先生を信じて頑張ろう！」しか言えない。気の利いた、敏行の胸に届くような言葉を言ってあげられなくてごめんね。

　早速仲間が何人かお見舞いに来てくれた。病室に入るのに手洗い、うがい、マスクをつけてだから、入るまで大変だ。免疫力が下がってきているから仕方ない。敏行のためだからごめんね。メールで励ましのメッセージもたくさん届いている。携帯がこんなに便利でありがたいものだとは思わなかった。

9月16日（木）受験……

　3回目の治療。オンコビン30分、エンドキサン2時間、ソリタT3＋アスコルビン酸3時間。ラシックスも無事に終わる。ラシックスを使うとトイレ通いが大変そうだ。2時間の間に何回もトイレに行っていた。良くなっているのかどうなのか？　こんなに敏行は元気で食欲もあるし、まるで病人じゃない感じがする。病気は目に見えないからかなり不安。血液検査でしか分からない。順調に白血球の数が下がっているが、どこまで下げるのか？　そろそろ髪が抜け始め「必ずまた生えてくるから」「頭の形がいいから坊主も似合ってる」。そう言うと、敏行に「なぐさめなくてもいい！」と言われた。本当なのに。

そろそろ受験をどうするか、決めないといけない時期に来ている。担任の桑野先生も面会に来てくれて、いろいろ敏行と話し合った。センター試験を受けられないから念願だった大学の看護科を断念し、校長先生に、国際メディカル専門学校の看護学科を薦められた。敏行の治療の絡みでもベストだし、パンフレットを見たが、看護学科は新たに設けられた学科でまだ1期生しかおらず、これからが楽しみな学校。新しいからたぶん先生方も一生懸命だと思う。けれど、大学の4年制と違って3年制だからのん気にしていられない。病み上がりの敏行は体力的に大丈夫なのか？　敏行と相談したところ「やっていく自信あるから、そこ受けたい！」と言うので国際メディカル専門学校を受験することにした。10月9日（土）が受験日だから、体調を整えて外に出ても良いくらいに白血球が増えてくれればいいが。先生が「その頃は白血球が増えて一時退院できそうですよ」とおしゃっていたから大丈夫かもしれない。でもその前に高校を卒業できるのだろうか？　お父さんと学校へ行って、一度校長先生に会ったほうがいいのかもしれない。

9月23日（木）本当に白血病？

4回目の治療。オンコビン30分、アドリアシン30分、無事に終わる。残すところあと1回。髪が少し抜け始めたが、何事もなく抗がん剤の治療が進んでいる。敏行は入院前と同じくらい元気。本当に「白血病？」「あの恐ろしい血液のがんの白血病？」「白血病ってこんなもの？」と思ってしまう。今は治る病気だというけれど、本当に敏行を見ていると、元気でどこが病人？　と錯覚を起こしてしまいそうになる。絶対、敏行は大丈夫！　元気に退院させるぞ！

9月30日（木）とうとう髪が抜ける

5回目、最後の抗がん剤治療。オンコビン30分、エンドキサン2時間、ソリタT3＋アスコルビン酸、ラシックス、無事終わる。かなり髪が抜けた。髪を短くしたが、かえって後始末が大変だった。抜けた髪が体に刺さってチクチクするらしい。何をするのかと思ったら、ごみ取りの粘着シートがついているクルクルで頭をクルクルして髪の毛をくっ付けていた。するとびっしりと髪の毛がくっ付いてきた！　敏行も「スゲー」と言っていたが、抜けた髪を見てため息をついていた。抜け始めると、頭を触るだけでも痛いと言っている。1カ月ずっと病室から出ていないから試験の日歩けるだろうか？

石黒先生に9日の入試のことを話し、もし一時退院が無理なら外出許可が出ないか相談し、許可をもらった。これで一安心。論文の練習のために、桑野先生から何回かテーマを出してもらって書く練習をしていた。アドバイスをちょっとしてもらっただけでうまく書けるようになるものか？　不安だ。面接の練習もなく桑野先生から借りた面接の本を読んだだけだった。まさしくぶっつけ本番！　ダメ元でチャレンジするしかない。ガンバレ！

10月4日（月）一時退院の許可が出る

今日、石黒先生から正式に9日に一時退院の許可が出た。白血球も増えたので外に出ても大丈夫だ。受験に着て行く制服を持ってこないとダメだな。無理しないで、やれるところまででいいから。ダメ元なのだから。願書に貼る写真を病室の壁をバックにして、制服を着て撮ったが、やっぱり髪がないと……桑野先生に卒業アルバム用に撮った写真を使えないか相談したら、使えるように手配してくれた。髪のある敏行らしい写真でよかった。

10月6日（水）入学願書を出しに行く

順調に白血球も増えてきているから、昨日六人部屋に移った。今日締め切りギリギリに直接受験校へ願書を出しに行った。受付の方も病気の治療中の子が受験すると聞いていたようだ。敏行が心配していた面接の形式をお聞きしたら、グループ形式ではなく個人面接らしい。敏行はみんなの前で帽子を脱ぐのが抵抗あると言っていたので、個人面接でよかった。受付の方も「帽子はかぶったまま脱がなくて結構ですよ」とおっしゃってくれた。

進学の準備が進んでいるのに、卒業はできると高校側はハッキリ言えないらしい。まだ卒業は無理だと言われたほうが何も考えずに治療に専念できるのに、頑張ればできるかもしれないと言われたら勉強しないわけにはいかない。病室には勉強道具一式が山と積まれている。見るだけでもウンザリする。体調の良い時にやってもらわないと。無理は禁物！　桑野先生も一生懸命頑張ってくれているから感謝！

10月9日（土）1回目の一時退院、受験

白血球数　9900／血色素量　10・2／血小板数　31万9000

今日、一時退院してそのまま受験会場に向かった。論文の試験が終わり、車で待って

いる私に「書きたいことがたくさんあって時間がもっと欲しかった〜」と嘆いていた。テーマが「心の健康」だったらしい。今の敏行には感じることがたくさんあったのかもしれない。面接まで時間があったから、お昼を食べて車で休んでいた。

そしていよいよ面接！　楽な気持ちで頑張ってきて！　と送り出した。面接が終わると元気のない顔で戻ってきて「『今までに人にしてあげたことで心に残っているのは何ですか？』って言われて、してもらったことは答えられたけど、してあげたこと……何もないし……」と言う。

「答えられなくて正解なんだよ！」「え〜なんで？」「人にしてあげたことを覚えているのは見返りを待っている人だよ。『俺があいつにしてやったのに俺には何にもしてくれない！』とか。覚えてないのは敏行が自然にしてあげたことだからなんじゃないの？敏行は優しいからたくさん仲間がいるんだよ。知らないうちに何かしてやっていると思うよ。敏行にこんなことしてもらったって言われてもそんなことあった？　って感じなんじゃないの？」そう励ました。敏行はしょげていたけど、きっと大丈夫だと思う。帽子もきちんと脱いで面接を受けたから気持ちは伝わったと信じたい！　悪いことばかりじゃないさ！　受験に一日かかったが、無事終わってホッとした。受かればいいが。家に着いたのは7時近かった。家族みんな首を長くして待っていたようだ。敏行も自分の部屋へ行って「なっつかし〜　空気がきれいだ！」と、とても喜んでいた。

10月20日（水）楽しんだ一時退院

明日2回目の入院をする。許可の出た寿司を食べたらジンマシンが出てビックリしたが、大事には至らなかった。11日間の一時退院の間さまざまなことをしてきた。卒業がかかっているから、学校へはきちんと通った。何よりも仲間と会えることが一番嬉しかったようだ。家にいたのは最初の2日間だけで、あとはずっと遊んでいた。バスケの仲間の家へ1泊し、バーベキューをした。若宮中の同級生が激励会を開いてくれた。隣町までバイクで遊びに行った。彼女が遊びに来た。卒業寸前だった自動車学校をなんとか頑張って卒業した。今日高校の仲間と、もんじゃに行って、遅くに帰ってきた。突然の入院で仲間と何の話もしないままになっていたから、たくさん話せてよかったと思う。だがやはり心配で、風邪をひいたら大変だとうるさく言ったから敏行に反発されたり……病気のことを忘れているのじゃないかと思ったり。忘れているはずないのにね。こんなに元気だから、このまま病院に戻らなくても治るんじゃないかと錯覚を起こしてしまいそうになる。現実を見ないと。

専門学校の方から「親と会いたい」と連絡が来たので、16日の学校説明会を敏行とお

仲間からの頑張れメール

☆「いっしょにいれてうれしかったぁ♡　トッシーだぃすきだょ♡！」

☆「とっし～早く帰ってこいよ(^^)v　みんな待ってるぞ！大変だろうケドがんばれよ(^_-)」

☆「ごめんもんぢゃ行けなくて(>_<)　まナニとっしー元気の時みんなでワイ②しよぉね(^_-)　ほんとムリしなぃでこれからゎちょっとくらぃ誰かに頼ってヨぉ～(^o^)！　ぃっでもウチラゎトッシー待ってるからね!!　んでさみしくなったら色紙読んでだっかにメールすれ!!　みんなとっしーの味方らっけね♡　ぢゃ次会うまで元気でがんばれょん♡　忘れんなね！」

☆「今日は楽しかったね！　明日からまたトシが学校にいないと思うと寂しいにゃ～トシも愛がいないと寂しいと思います(^_^;)（思うよね）デモまたすぐ来るんだろエイリアンゎウッディが来るまでお利口にして待ってるゼィ♪　またみんなで行こうねそしたら今度こそ愛のゴチで♡　だっけ頑張りなさい♪　それでゎ今日ゎお疲れ様でしたぁ(^_^)/　愛ちゃんより♡」

☆「今日はすげぇ～楽しかったよ！　またみんなで楽しくはっちゃけよって！　だっけトシ早く帰ってこいよ(^.^)　トシがいると何倍も楽しいしさ♡　あとボードも絶対いこってぇ☆　んで俺らの合言葉は『春夏秋冬』だぜぃ！　寂しいときはこれを思い出せよ！　あとみんなのサイン入りの寄せ書きもな！　んぢゃぁトシいってらっさい(^_^)/　頑張れよ！　トシなら絶対人よりはやく元気になって帰ってこれるっけさ！」

☆「とっし～今日は楽しかったぁ(˜o˜)　体つらくねかった？　疲れたろぉ？　ムリさせてごめんでもはよ治してまた遊びいくんだっけな！　病院でひまらったら相手してやるっけ(^^)v　がんばるんだよぉ!!　またしばらく会えないのさみしいんだっけ、また退院きまったらぜってぇ連絡ちょうだいよっ(^_^)/˜　番長鎌田より(^^)v」

父さんと私の三人で見学してから、看護学科副校長の池井先生、看護学科主任の小薬先生、事務局長の藤沢さんとお会いし、これからのことを話し合った。敏行のために教室をきれいな空気にする装置は付けられない。専門はかなりハードだから体力的に大丈夫なのか？　そういった質問をされた。入学する時には無事退院でき、普段と変わらない生活ができると説明し、特別な装置も必要ないことを話した。ただ敏行には病気を理由に甘えは許されない。先生方も特別扱いはしない、とみなさんの前で敏行に言って聞かせた。敏行は「大丈夫です。頑張ります。よろしくお願いします」と頭を下げた。敏行の気持ちは先生方に伝わったと思う。医師からの診断書を提出したら合格確定ということだから、明日石黒先生にお願いすることにした。あとは卒業できるかどうかだけだ。私も親としてできる限りのことは頑張ってやるから、絶対卒業させてやるよ！

　祥子と律子の血液検査の結果が明日分かると思う。敏行とＨＬＡ（白血球の型）が合っているといいが……どうか合っていてほしい。

10月21日（木）　2回目の入院、兄妹のＨＬＡ合わず

　石黒先生の説明では今は完全寛解の状態で、今回は抗がん剤のキロサイド７日間持続点滴療法を中心とした治療を行うとのこと。初めの２日間はダウノマイシン、１日目だ

け静脈注射のフィルデシンをする。内服薬のプレドニゾロンを1日2回、1週間飲む。白血球を増やす点滴でグランかノイトロジンを使う。今回の治療は「地固め療法A」をする。祥子と律子の血液検査の結果が出た。結果は二人ともHLAが合わなかった。かなりショックだった。私とお父さんの血液を採った。兄妹が合わないと、親が一致する確率は低いと思う。「なんで合わねんだ！」敏行はかなりイラついていた。悔しそうだ。私も敏行の気持ちは痛いほど分かる。今回1週間24時間ぶっ続けで2種類の抗がん剤を投与するけれど、体力は大丈夫だろうか？　かなり辛くなりそう。まったく先が分からないから私も不安。

石黒先生から専門学校に提出する入学後の診断書を書いていただいて、今日のうちに提出してきた。

10月26日（火）子供ができない!?

治療も順調に進んでいる。24時間1週間抗がん剤が入るからどうなるかと思ったけれど、さすが敏行！　強い！　だてに体鍛えていたわけじゃなかったね。十分体力を発揮しているよ！

今日病室の人から大変な話を聞いた。

「精子保存行ってきたか？」「え？　何それ？」「俺先生から紹介状書いてもらって行った時にはすでに遅くて、もう１ccに数匹しかいなくて保存は無理だって言われたから早く行かせてもらったほうがいいぞ」「そんなこと何にも聞いてない！」「俺はバツイチ子持ちと結婚するからいいや」その場は笑い話でごまかしていたが、子供が好きで以前から子供が欲しいと言っていた敏行。子供ができないかもしれないことにかなりショックを受け、その後口も利かなくなった。私もショックだった。敏行にも早く保存用の精子を採らせてほしい。石黒先生は、抗がん剤の影響で精子が減るなんてこと言わなかったのに……。初めから言ってくれていたら、覚悟ができたのに。敏行は生きるか死ぬか、ゼロか一〇〇か。命を賭けて闘っているのに、子供ができない!?　あまりにも残酷すぎる！　敏行が可哀想すぎる。「俺、子供できねんだ……」ポツリと冷静に言っていたが、心の中は不安でいっぱいだと思う。思っていることを全部ぶちまけてくれたらどんなにいいか。取り乱すこともなく常に冷静だが、きっと隠れて何度も泣いているのではないかと思うと、何もしてやれないのが悔しい。でも子供はまだ可能性があるのだから、お母さんが絶対なんとかするから！

　専門学校から合格通知が届いて一安心！　敏行も面接で思うように答えられなかったからかなり心配していたが、見事合格、おめでとう、敏行！　入学することを励みに頑

仲間からの頑張れメール

☆「昨日はホントにごめんね…トッシーが不安になってるの予測できてててなんにもしなくてごめんなさぃ。不安にさせないよーにしなきゃって思うんだ…けどなか②できなくて、直せなくて…ちゃんと行動できてないけどぉトッシーのことはすっごぃスキなの!!　ホントに？　って思うかもしれなぃけど本当なの!!　だから嫌いにならないでくださぃ(T_T)」

☆「これからも一緒にいてくださぃ　♡♡アタシもだぃすき♡♡♡♡」

張ろう！

10月29日（金）骨髄バンク69人一致

抗がん剤の投与は何事もなく無事に終わった。だがこれから白血球が減ってくるので感染が心配だ。先日採血した私とお父さんのＨＬＡは予想していたとおり合わなかった。敏行の型は私とお父さんの型がきれいに半分ずつ受け継がれていた。石黒先生に「お父さんとお母さんの子に間違いはないんですけどね」と言われた。皮肉なことに私と律子がピッタリ合った。「俺じゃなくてどうして律子なんだ……」とガックリしていた。仕方ない、神様はなんて残酷なことをするのだろう。新たな望みとして、骨髄バンクに登録した。先生が調べたら69人一致する人がいた！　合う人がいなくて待っている人がいる中こんなにいるとは思わなかった。本当に良かった！　五人に絞って進めるらしい。うまくいってくれるといいが……。

10月30日（土）扉の奥の世界

39度の熱を出して初めてセミクリーンルーム（準無菌室）に移った。ナースセンターの隣の扉の奥の部屋。一般病棟にいた時は何か異様な感じがした扉の奥の世界だったが、敏行がこの特殊な空間に入るとは思わなかった。

無菌室ほどではないが、天井からきれいな空気が出てくるようになっていて、空気はきれいに保たれている。ベッドの周りを囲うビニールがないから圧迫感がない。トイレと無菌水の出る洗面所もある。衣類、タオルを入れて置く棚は消毒のための赤外線が付いている。一般病棟とは違い、無料の大きな冷蔵庫がありレンジもある。もちろんテレビも無料で、一人だからイヤホンも必要ない。隔離されてしまうためテレビが友達になる。1枚1000円のテレビカードを買わなくて済む。電話も付いている。広くてなかなか快適かもしれない。移植の時に無菌室に入って次に移る部屋がセミクリーン、遅かれ早かれ入ることになっている部屋だから、慣れておいた方がいいかもしれない。本当の隔離病棟だ。感染しないために入るのだから仕方がないが……でもシャワーの時は扉の向こうに行けるからいいかな。

11月4日（木）　免許センター行きたい！

白血球数　７００／血色素量　10・０／血小板数　６万

白血球が７００しかないが、熱もなんとか下がってくれた。一安心！　白血球を増やす点滴をした。あとは白血球が増えるのを待つだけだ。

敏行が「免許センターに免許取りに行く！」と言ってきかないから、お父さんと相談してＯＫを出した。頑張って自動車学校を卒業したから無理もないが、退院してからでも遅くないと思うけど。免許を取ったら絶対「車に乗りたい！」って言うに決まっているし、なるべく乗せたくない。神経を使うし、もし事故でも起こしたら、取り返しがつかない。敏行は怖くないのだろうか？　自分を大事にしてほしい。

12日に一時退院を狙っていて、病院から免許センターへ行くつもりでいるようだ。敏行、お母さんは車に乗らない条件なら、免許を取るだけ取ってもいいけど無理だよな～。悔いのないようにやらせようと思うが、私もどうしていいか分からない。なぜそんなにあせっているのだろうか？　退院してからでも遅くないのに。いろんなやりたいことは体調を万全にしてゆっくりやればいいのに。やっぱり賛成できない！　敏行！　あせらないでいこうよ！

11月12日（金）2回目の一時退院、免許取得

白血球数　5300／血色素量　8・0／血小板数　13万1000

なんとか白血球が増えてくれた。昨日2回目の一時退院の許可が出た。病院から出てそのまま免許センターへ行き、一発合格してくれた。まずはよかった。敏行も真新しい免許証のスキンヘッドの写真を見ながら「この写真もしばらくの辛抱。これ、こえーよな」と言いながら嬉しそうに見ていた。その顔を見ていたら、免許を取らせてよかったのかもしれない、と思えた。憎まれなくて済んだ。家に着く少し前に敏行に車（ステップワゴン）を運転させてやった。あれだけ反対していたのに、私も甘いな～。敏行の喜ぶ顔には勝てないな。その日は家族そろって夕飯を食べた。

11月16日（火）

今回の一時退院も仲間が遊びに来てくれたり、ベースを弾いたりして楽しそうに過ごしている。これが敏行の本来の姿なんだよな～。19日に彼女が泊まりに来るんだけど、泊めても大丈夫か？　お父さんも何も言わないけれど、本当にいいのだろうか？　常識で考えると絶対によくないと思うが、敏行の気持ちを考えるとダメとは言えないなぁ～。敏行が自分の子でありながら、よその子を預かっているようで不安だ。早く病院に帰し

たい気分。

11月20日（土）顔が右半分動かない！

大変なことになった！　敏行の顔が右半分マヒを起こしてまったく動かなくなった！

「どうしてなん！　なんで顔が動かねんだ！　俺もうヤダ！」一生懸命動かそうとするがまったく動かない。敏行はパニックになってどうしていいか分からなくなっている。どうして？　彼女を泊めたのがいけなかったの？　余計な神経を使ったの？　私も気が動転して足が震えて立っているのがやっとだった。震えながらやっとの思いで病院に電話した。彼女に帰ってもらって、病院に連れて行った。今井先生に診てもらい、薬をもらって帰ってきた。この症状は「ベル麻痺《まひ》」といい、治るものらしい。末梢性顔面神経麻痺で何かのウイルス感染が原因か、がん細胞が悪さしたのか、今のところ分からない。だが治ると聞いて、少し安心した。敏行もなんとか落ち着いてきた。敏行も無理していたのかもしれない。免許を取ったり、学校へ行ったり、自覚はなくても体は悲鳴を上げていたのかもしれない。敏行が可哀想だと思って好きにさせていたが、やはりダメなことはダメ！　心を鬼にして言わないとダメだ。絶対無理はさせられない。命がかかっているのだから……。一時退院すると必ず何か問題が起きるから、次は絶対外へは出さないと決めた。

11月24日（水）3回目の入院

白血球数　１万５１００／血色素量　９・６／血小板数　69万３０００

急性リンパ性白血病、そして右顔面神経麻痺。

病名が一つ増えた。骨髄検査、脊《せき》髄《ずい》液検査、頭ＣＴ検査、耳鼻科の診察（感染はなにか？）さまざまな検査をするから、抗がん剤の治療は来週からになる。今回の治療は前回と同じくキロサイドを24時間１週間持続点滴をして、デカドロン（副腎皮質ホルモン）を１日30分１週間する。１日目だけエンドキサン３時間をする。１週間後にオンコビンを30分、２週間後に同じくオンコビンを30分投与する。内服薬のロイケリンを１日２回１週間飲む。白血球を増やす点滴でグランかノイトロジンを使う。今回の治療は、「地固め療法Ｂ前半」をする。３回目の入院。顔のことが心配で心配でずっとマッサージをしている。月単位で経過を見ないと、いつ治るとは言えないそうだ。今の敏行は顔のことが一番ショックらしい。私もショックだ。しかし敏行の前では心配な顔を見せられない。明るくしていないと、敏行は敏感になっているからすぐに分かってしまう。骨髄液は異常ないらしい。でも、ほかの検査の結果がどうなるか分からない。今日、カテーテルを入れた。

11月25日（木）

顔面マヒはがん細胞が悪さをして神経を侵していることが原因かもしれないので、脊髄液に薬を入れるために脊髄に針を刺した。ものすごい痛さだと聞いている。直《じか》に脊髄に薬を入れる。そのほうが血液からよりも脳に薬がしみ込みやすいそうだ。入れる薬の量だけ脊髄液を抜いたが、脊髄に圧がかかって頭がかなり痛いと言っている。薬が効いてくれるといいが。脊髄に針を刺した時にかなり踏んばったみたいで「体力使い果たした。マジ痛いし！」とグッタリしていた。「高野君、若いし体鍛えていたから骨が丈夫で、丸めた体の上に私の体重をかけてねじ込まないと針が刺さらないので、かなり痛いと思いますよ」

聞いただけでもゾッとした。よく痛みに耐えたと思うと切なくなってくる。

11月29日（月）顔面マヒは治らない？

今日から抗がん剤治療が始まった。前回と同じくキロサイドを１週間持続する。今日だけエンドキサン３時間をやる。耳鼻科の診察があって敏行に直接「がん細胞が神経を侵したのなら顔面マヒは治らないし、単なる顔面マヒのウイルスなら80％治る」と言われた。なぜ本人の前でそんなに簡単に言うのだろう？　本当にがん細胞が原因なのか、検査結果はまだ出ていないのに！

敏行はそれを聞いて、「治らねんだ～」としか言わない。また敏行に残酷な試練が増えた。石黒先生は「治る！」と、おっしゃっているのだけれど……私も不安だ。マヒのため、薬を飲むだけでも水がこぼれる。大事なうがいをする時も、唇を抑えないと水が吹きこぼれる。目が閉じないから寝る時は眼帯が必要になる。とにかく治ってほしい！

11月30日（火）

【脊髄液検査の結果】

細胞診検査：一部の細胞に白血病細胞を認める。

細胞数：1個も増えていない。

通常白血病細胞が脊髄液中に増加すると、細胞数は増加する。

「今回は細胞数の増加はないので、少数の白血病細胞が出現しているものと考えます。治療は点滴の抗がん剤治療に加えて、定期的（2週間に1回程度、脊髄液検査の結果を見ながら）に抗がん剤の脊髄内注射も行います」

やっぱり一部でもがん細胞が認められた。顔面マヒはがん細胞が悪さをしたのかもしれない。そんなこと一生懸命マッサージしている敏行を見ていると、とても言えない。治る！　絶対治る！

12月2日（木）脊髄に管を入れる

脳外科の先生に呼ばれて、敏行と説明を聞きに行ってきた。腰の辺りの脊髄中に、上に向かって20センチくらいの管を入れる。チューブの先端には親指の頭大のカプセルがついていて、わき腹を通して腰骨のところに埋め込むらしい。カプセルを埋め込むから骨に針をねじ込まなくても、肌にチクリと注射するみたいにして、カプセルを刺して脊髄液を採ったり薬を入れたりできる。オンマイヤーチューブというらしい。そのほうが敏行も恐怖心から解放されて、少しは気持ちも楽でいいかもしれない。明日の9時半に手術室に入る。30分くらいで終わると言っているが心配だ。手術室で局部麻酔をかけて行うから、30分でも手術は手術だ。すごく心配だけれどやらないほうが苦痛だし……頑張ってもらわないと。

12月3日（金）がん細胞が増えてくる……

白血球数　1万1500／血色素量　11・2／血小板数　29万2000

9時半に手術室に入った。その間に酸素マスクや心電図、いろいろな器具がそろえられた。

「酸素マスクが必要なんですか？」「万が一に備えてだから心配いりませんよ」

そんなに大変な手術なのかとビックリした。11時過ぎに病室に戻ってきて、眠剤で大分寝ていた。酸素マスクも使うことなく、無事終わってよかった。脇の傷は7針も縫ってあり、傷あとがこんなに大きいとは思わなかった。紙パンツ1枚でベッドごと手術室に運ばれていき、手術もこんなに本格的だとは思わなかった。敏行が眠っている時、看護師さんに呼ばれて行ったら、今井先生から「検査の結果がん細胞が増えていました。薬で抑えても増えてくるので、かなり強いがん細胞です。1日も早く移植できればいいが……」と言われた。

敏行はそんなに悪いの？　こんなに元気なのに。今井先生に「敏行には言わないでください」と頼んだ。白血病、子供ができない、顔面マヒ。これだけで精いっぱいなのにがん細胞が増えているなんてとても言えない。私は何もできないけれど、そばにいて話したい時すぐに話せて、心配しないで済むようにしてあげたい。

12月5日（日）夢は、痛みの分かる看護師

今日で1週間。無事治療が終わった。今度は1週間後にオンコビンの薬が入る。手術での感染もなく良好だ。敏行が看護学科に合格したことを看護師長さん、みなさんに知られてしまって「高野君、痛みの分かるいい看護師になれるね。看護されていて、やってほしいこと嫌なこと分かるもんね。そっとしておいてほしい時とか……。今度、良い看護師、悪い看護師のレポート出してもらおうかな」「いい看護師になれるよ。がんセンター来てね。楽しみだな～」と病室に来る看護師さんみなに言われる。敏行は大分照れていた。敏行、お母さんもスッゴク楽しみ!!

12月10日（金）口元が動いた!!

「見て見て！　口が少し動いてるろ？」

今朝病室に着くなり、いきなり敏行が言った。

「えっ！　本当だ！　敏行動いてるよ！　やったね！　マッサージが効いたのかもね。よかったね、敏行！」

　本当に動き始めたのだろうか？　ぬか喜びかもしれない。とにかく動いたのは事実だから、徐々に良くなることを願うしかない。敏行は常に頭が痛いと言っている。どうし

てだろう？　脊髄に圧がかかっているのだろうか？

久しぶりにお風呂に入った。気分いいでしょ。昨日も言っていたが、お腹が張って痛いらしい。大丈夫だろうか？　看護師さんが「腸の音を聞いたら動いている音がしない。ガスもたまっているかもしれないからレントゲンを撮ってもらおう」と言っていたが、先生は撮らなくても大丈夫とのこと。温めたほうがいいが、敏行はそれを拒んでいた。

今日もインターンが来て「傷口見せてください」と先生に言っていたが「消毒の時に見せます」と先生はおっしゃった。私が「さっきお風呂に入ったので、消毒してガーゼを張り替えてもらいました」と言って追い返した。誰が見せてやるか！　石黒先生が海外出張でいないから、敏行は不安がっている。私も不安だ。

12月11日（土）

やっと石黒先生が帰ってきてくれた。主治医が不在だとかなり心配だったけれど、これで安心できる。が、私は先生に会えなかった。明日会えるかな？　敏行のお腹がポンポンいってスイカみたいな音がして、かなり張っているみたいだ。歩くといいかなぁ？と思って一緒に1階まで散歩に行ってきた。夕方だったから人はいないと思っていたが、まだかなりいた。1周だけして戻ってきた。風邪の人がいたら怖い怖い！　今日敏行は素直に話を聞いてくれた。一緒に売店まで行ってきた。ちょっと嬉しかった。もっと甘えてほしいな。加茂高校へ行って、桑野先生に終わった課題を提出してきた。

12月14日（火）

敏行は顔色が悪くて白い顔をしているが、貧血気味だから仕方がない。移植までに虫歯の治療をしてもらうことにした。たいしたことはないが、小さな気になる穴があるようだ。移植後は虫歯でも命取りになることがあるから、治しておかないといけない。敏行は雑誌を買って読んでいた。毎日必ずＣＤを聴いているが、六人部屋だとヘッドホンをして聴かないといけないから話もろくにできない。私も読書をすることにしよう。今日は穏やかだ。

12月15日（水）

ＭＲＩの検査をした。明日結果が出る。異常がなければいいが心配だ。脊髄に入っている管が鼻をかんだり咳《せき》をすると神経に響くのか、腰から足までビリビリするらしい。だがその時だけなら心配ないとのこと。クリスマスと年末年始は家に帰れそうだ。よかったけど、そんなに長くいて大丈夫なのだろうか？　白血球も１８００まで増えたし、血小板も増えつつあるから一安心。

12月16日（木）

ＭＲＩの結果、異常なしだった。血管が詰まっているとかはないそうだ。頭が常に痛いらしい。脊髄に刺激があるのだろうか？　髄注（髄液に直接抗がん剤を入れること）が効いているのだろうか？　敏行には痛くて可哀相だけれど薬が効いているのだと思いたい。

今朝、律子を送るのに学校へ行ったら祥子と律子の担任だった先生にお会いして「お兄ちゃん、どんな具合？」と聞かれた。「1月に移植する段取りで進んでいる」と話したら先生は泣いていた。朝から泣かせてしまった。「絶対大丈夫だよ！」とおっしゃってくれた。すごく嬉しかった!!　ありがとう！

12月17日（金）

髄注したが、前回より痛くなさそうだった。足の痛みやしびれはあるけれど、前に比べたら全然楽！　ケイレンも少しあったが大丈夫だった。石黒先生が１cc入れるのに、ゆっくりゆっくり「しびれるか？　痛いところないか？　大丈夫か？」と言いながら、休み休み何分もかけて入れてくれたから、敏行も私も安心していられた。きっと先生との相性もあるのだろう。骨髄検査の結果でもがん細胞が減ってきている。脇の傷の抜糸をしたけれど、また傷口が開いているのでホチキスじゃなくて糸で縫い直してもらった。年末に抜糸だそうだ。なかなか傷口がふさがらない。血小板が増えたり減ったりしているからなのかな？　敏行も家に帰ると何かが起きると思っているらしく「正月帰らなくてもいい」と言っている。やっぱり怖いのだと思う。私もできることなら病院にいてほしい。風邪でもひかせたら大変だし。でも気分転換して力蓄えてほしいし……敏行に任せよう。

12月21日（火）生きている感じがしない……死にたい！

23日に一時退院して5日に入院することにした。今回は外に出さないことにする！

昨日なんとなく元気がなかったが、今日「生きてる感じがしない……本当に顔治るんだ？　俺死にたい！」と、自殺でもしそうな落ち込みようだ。

「今回の入院、ショックなことばっかだし！　本気イヤなんけど。治らなかったら生きてるのヤダ!!」

死にたい……生きてるのヤダ……初めて言われた。「大丈夫！　絶対治るから!!　心配しなくていいから！」こんなことしか言えない。かなりショックなんだろうと思うが、励ますことしか言えない。10日に口元がかすかに動いただけで、その後ぴくりとも動かない。試練に耐えていると思うと辛くなる。あんなに顔マッサージをして頑張っているのに、「顔なんて治らなくてもいいから命を助けることが先だ」とは敏行には言えない。命をとにかく助けたい!!　顔はその次だ!!　敏行、分かって!!

「どうなってもいい……明日でも今死んでもいい!!」そんなこと、言わないで……。

12月23日（木）　3回目の一時退院

祥子と律子とお父さんと私の四人で敏行を迎えに行った帰りに古町《ふるまち》へ行き、三越に寄って敏行の買い物に付き合った。敏行は相変わらず母親と歩くのが恥ずかしいからと言って、敏行とお父さんが一緒に私たち女性陣とは別行動をとった。買い物は彼女へのクリスマスプレゼント。なんと数万円のネックレス！　今時の子は……。家に着くと、おじいちゃんとおばあちゃんが首を長くして待っていた。久しぶりに家族みんながそろった。バスケのコーチの小山さんが最後だとかで食事に誘われたが、古町に寄ってきたら疲れたらしく行かなかった。私も安心した。明日彼女が来るからケーキを頼んでおいた。お父さんが「文字入れてもらおう！」って言うから「トシとハルのメリークリスマス」

って入れてもらった。敏行が喜んでくれるといいがお父さんも粋なこと考えたものだ！親心分かってもらえるだろうか？　敏行もいることだし、我が家もクリスマスを祝った。

12月25日（土）

昨日のケーキを見て敏行、第一声「なんであんな文字入れたん‼」……ガクッときた。よけいなことだったかもしれないけど、彼女が喜んでくれたからよかった。彼女と映画に行ったりして帰ってきたのが11時過ぎだった。「疲れた～」と言って、お風呂も入らないで寝た。体調を崩さないといいが。「もう外出させない！」って言ったのに、私も甘いなぁ～。せっかく一時退院して仲間にも会いたいだろうしね。ほどほどに……だな。本当にいいクリスマスが迎えられてよかった。敏行には私ができることは何でもしてやりたい。

平成17年1月1日（土）

年が明けた。闘病5カ月目に入った。去年のうちに移植の予定が1月に延びていて、まだ決まらない。骨髄バンクのほうは順調に進んでいるのだろうか？　元気な今のうちに移植できたらどんなにいいか。

敏行はまた出かけた。とにかく顔を見るまで心配だ。彼女と夕飯を食べて帰りが遅かったけれど、楽しい思い出ができればよしとしよう！

1月4日（火）

一時退院も今日で最後。明日から病院だ。今日は昼までゆっくり寝ていて、午後から彼女が遊びに来てゆっくり部屋で過ごしていた。今回の一時退院も何だかんだ騒いでいた。バスケの仲間とお好み焼き「たぬき」へ行って、カラオケへ行った。高校のクラスの仲間が集まってくれて「ガスト」へ行った。彼女と映画を観に行った。大晦日《おおみそか》の夜、仲間と車で初詣《はつもう》でに行った。毎日車を運転してどこかに行っていた。敏行は今回もあまり家にいなかったから、ゆっくり話もできなかった。家族みんなが敏行の体を心配していることを忘れないでね！

1月5日（水）　4回目の入院

白血球数　7000／血色素量　10・6／血小板数　30万9000

敏行を無事病院に送り届けてきた。今回の一時退院は何事もなく済んでよかった。石黒先生にも「いつ外来に来るかと思ってハラハラしていたよ！」と言われた。耳鼻科も様子を見ることにして、外来には行かなくてよくなった。明日胸にカテーテルを入れて髄注もするそうだ。今日は検査のため骨髄液を採った。今回の入院中に精子保存に行くつもりでいる。

1月6日（木）オンマイヤーチューブの威力発揮

石黒先生の病状説明で、脊髄液中から、白血病細胞は消失しているとのこと。血液検査も良好。今回の治療は「地固め療法B・後半」前回とまったく同じことをやる。今日髄注したが、前回より足のしびれやケイレンがあまり出なかったようでよかった。管を入れた威力がやっと発揮された。がん細胞も消失していたから一安心。胸にカテーテルも入れて明日から治療が始まる。骨髄バンクのほうはどこまで進んでいるのだろうか？もうそろそろだと思うのだけれど……。卒業式への参加は無理だが、専門学校の入学式には間に合ってほしい。同級生の大橋君がお母さんと一緒に面会に来てくれた。少し話して帰った。私も楽しかった。

1月8日（土）

昨日からいつものキロサイド24時間、1週間の治療が始まった。昨日は盛りだくさんの抗がん剤だったが無事終わった。石黒先生はいつも土曜はいないのに、今日はなぜかいてくれた。当番かな？　石黒先生の顔を見ると安心できる。雪が降り始めてきた。

1月10日（月）我が家のニューフェース「もんじ」くん

昨日、ミニチュアダックスフントのオスを買ってきて、お父さんと祥子と律子が病院の玄関まで見せに来た。敏行が名づけ親で「もんじ」に決定！　敏行も「早く遊びて～俺見ると吠《ほ》えるかな？」とすごく楽しみにしている。退院してからの楽しみがまた一つできたね。

1月14日（金）

24時間、1週間ぶっ続けの治療も今日で終わり。来週と再来週オンコビンの治療がある。

たんの検査の結果、異常がなかった。一安心。「今、移植前に少しでも菌があったり傷があったりすると、命取りになりかねない」と先生がおっしゃっている。「便秘で硬い便をしたら血が出た」と言ったら、「肛門の傷もあなどれない!!」と怖いことを言われた。

1月15日（土）

今朝病院に着いたら昨晩熱を出したらしく点滴をしていた。下痢もしているらしく「おしりが痛い」と言っている。軟膏《なんこう》を処方してもらった。今下痢をする風邪がはやっているからそれも心配だ。白血球を増やす点滴もしている。やっぱり白血球が６００まで減っていた。だから熱が出たり下痢になったり、なかなか治まらないんだ！　お腹が痛いらしく、頻繁にトイレ通いしているから体力を消耗しているようだ。「疲れた……クタクタだ」と言っている。お腹をさすってあげたいけど「寄るな！」「触るな！」で私を寄せ付けない。まだ空威張りできる元気が残っていると思うことにしよう。素直に甘えればいいのに。

1月19日（水）

なんとか下痢も治まった。鼻に膿《うみ》をもったニキビらしきものができている。白血球が増えているかと思ったら、今日も４００で月曜と同じだった。血小板も2万を切って１万７０００くらいだから血小板の輸血をすると言っていたが、私がいるうちにできなかった。ちゃんとしてもらったかな？　昨日からの熱も上がったり下がったりで、今朝も38・５度まで上がっていた。難儀とかだるいとか言っているけれど、今の血液の数値じゃ仕方ないよね。感染しないように自分で守らないといけないから、「手洗い！　うがいね！」と常に言っている。だがうるさがって聞いてくれない。でも念を押して言わないと。先生が来るたびに「顔がこれ以上動かない！」と言っている。先生は「１００％治るから大丈夫！」と、その都度励ましてくれる。私も本当に治るの？　と心配になる。敏行！　何度でも言うけど絶対治るから！　時間はかかるけど、先生を信じて待つしかない！

1月20日（木）移植した方の話を聞く

熱が出て三日目になる。なんとか下げないと肺炎などが怖い。点滴も増えている。移植した野口さんが近いうちに退院すると聞いたので、話を聞きに行ってきた。かなりすごかったらしい。１カ月間、吐いたり、下痢が止まらなかったり、体が痛くて痛み止めをしても効かず、モルヒネを使ったらしい。意識がもうろうとしていて、お母さんがそばにいてくれただけで、すごく安心できたと言っていた。私もできるだけそばにいてやりたい。

1月21日（金）移植についての話

白血球数　３００／色素量　８・０／血小板数　３万６０００

石黒先生から頂いた敏行の移植についての説明文書に基づいて説明を聞いた。

【高野敏行様の説明文書／急性リンパ性白血病に対する同種骨髄移植療法】

成人の急性リンパ性白血病（ＡＬＬ）は科学療法の治療の効果は非常に良好だが一度良くなっても半数以上の患者は再発することが多い。発病した時の白血病細胞の数が多い場合は再発の危険性が高い。病気を治せる可能性が最も高い治療法は骨髄移植療法である。

骨髄移植療法とは、全身放射線照射を4日間かけて6回に分けて行い、最終日に無菌室に入室し、メルファランという抗がん剤の大量化学療法（通常の5倍の量）などの強力な前治療を行い、体内の白血病細胞もろとも骨髄を破壊する。この時点で自分では血液は造れない。その後、ドナーさんから頂いた骨髄を移植する方法のこと。

正常な骨髄細胞との置き換え〔入れ替え〕という意味がある。もう一つには、移植した骨髄による白血病細胞への攻撃の意味がある。ＧＶＬ効果と呼ぶ。この反応は一度起きると、体内に白血病細胞がいる限り持続して攻撃を続けると考えられている。

血液型とは全く関係ないので、血液型が異なっていても移植は可能（提供者の血液型に変わる）。また性別も関係ない。ヒト白血球抗原（ＨＬＡ）が一致していることが必要。

ドナーの骨髄が移植を受けた人の、白血病細胞の他にも、さまざまな良い臓器まで異物だと思い攻撃するため負担が大きい。

敏行も一緒に三人で話を聞いた。敏行も分かってはいたが、かなり不安がっていた。私も話を聞いていて怖かった。血液は全身を巡っており、全身に放射線をかけないといけないと思うとやっぱり怖い。人間にかけてもよい限界の量の放射線をかける。被爆寸前の量だ。5倍もの強い抗がん剤を大量投与！　どうなるのだろう？　敏行の骨髄はがん細胞もろとも破壊されてしまうのに、ドナーの方に何かが起きたら大変なことになる。命にかかわる。骨髄を運んでくださる先生が事故にあったら……不安は尽きない。敏行！　とにかく無事乗りきってほしい。移植は2月中旬か下旬にする予定。また延びてしまった。

もう学校のことは考えないで病気のことだけ考えればいいから。留年だろうが休学だろうが、もうどうでもいい！　敏行を助けることが先だ！　まだ熱が下がらず4日目になる。全身に震えがきて鳥肌が立ち39・8度までどんどん上がったため個室に移った。脇の下のリンパ線をアイスノンで冷やす。とにかく熱を下げないと。今日治療するはずだったオンコビンは、体調が悪いため中止になった。来週は予定どおりするようだ。

1月22日（土）

今日もまだ熱が下がらず、まったく食べなくなった。電気毛布の温度を最高にしてもガタガタ震えている。お昼頃とうとう40度突破！　3種類の抗生物質を使っても、まったく効き目がなく、3時頃から4種類目の抗生物質を使った。その1時間後になんとか38・5度まで下がった。このまま下がってくれるといいが……。栄養剤の点滴が四つもぶら下がっている。熱が続いているため体力を消耗しているらしく、だるいとかめまいがすると言っている。食べられなくても水分だけは摂らせないと。

1月24日（月）

白血球数　1400／血色素量　7・9／血小板数　2万7000

ひろみさんと私の送受信メール

★「仲間がいなくなる…俺から離れて楽しくしてる…って不安になって私に言ったんだよ。普段言わないからよほど心配らしい。都武くんにメールでも携帯でもいいから見捨てないから頑張れよ！　とか言ってもらえたらありがたいんだけど…親馬鹿でごめんなさい」

☆「都武に言ったら、見捨てたり忘れるわけないから大丈夫だよ！　夏に退院するから海に行くし冬にスノボもする約束もしたしって言っていたから移植が無事終わって元気に退院するのみんなが待っているから敏クンも安心して治療に専念してって(^O^)不安な時はいつでも都武に携帯でもメールでもしてって(^_-)」

★「ありがとね。余計な心配みたい(^_^;)　敏行はいい仲間がいて幸せ者です。敏行に言っておくね。そう言えば主治医に退院したら海大丈夫だ～？　って聞いてた。先生は『えっ！　海？　泳ぐのはバイキンだらけだからまだダメだけど、泳がないで行くのはいいよ。スキーの時期は大丈夫だよ』て言ってた。なにげなしに聞いてたけど訳があったんね(˘o˘)　なんか安心した！　本当にありがとね♡」

☆「敏クンが不安になるのもわかるしそれを言われた由美子サンもやっぱり同じように不安になるし子供のその不安な気持ちを何とかしてあげたいって思うのが親心ってものだよ(*^_^*)　だけど都武達仲間がいくら心の中で思っていても言葉にしなきゃわからないことだから、こうやって聞いて親も子も再確認して安心できたでしょ！　また不安になったらいつでも再確認していいよ(^_-)　敏クンいなきゃ遊びも何も始まらないよ(>_<)」

白血球が増えるとやっぱり熱も下がる。昨日から下がり始めた熱も、今日は治まっているが、抗生物質・栄養剤・水分補給のための点滴は減らない。41度も出てどうなるかと思ったが、やっと息がつける。今日から3日間熱が出なかったら、もう大丈夫とのこと。だが、まだ安心できない。今日はちょっと元気になってテレビを見るようになった。CDはまだ聴く元気はないようだ。金曜の2時に新潟大学医歯学総合病院（以下、新大）へ精子保存に行くことになった。やっとだ！　まだたくさん残っていればいいが。

1月26日（水）みんな俺のこと忘れる……

熱もなく部屋移動になった。何度か同じ部屋になった方ばかりだ。みなさん化学療法のため、入院と一時退院を何度か繰り返している。急性骨髄性白血病、悪性リンパ腫……同じ痛みを持つ方ばかりなのに、逆に私がみなさんに励まされ慰められている。ありがとう。難しい病気の方ばかりなのに、みなさんが明るいから敏行も一人よりいいと思う。

　敏行は仲間が自分から離れていくのではないか、仲間から取り残されてるのではないか、とすごく不安がっている。

「みんな毎日楽しく過ごしているんだろうなぁ～　俺仲間がいなくなる……みんな俺か

ら離れて楽しくしてる……俺そのうち、みんなから見捨てられる……」

「そんなことないから！　今の敏行をみんなが見捨てるわけないよ！　絶対敏行を忘れたり裏切ったりしないから大丈夫だよ！　敏行の仲間にそんな子一人もいないから！　本当に心配しなくて大丈夫だから！」と言っても不安は消えないようだ。その気持ちすごくよく分かる。だけど仲間を信じて乗り越えないと！　仲間を信じて頑張って！

　白血球が６０００になっていた。１４００から２日で６０００だからすごい！　明日白血球を増やす点滴と抗生物質の点滴をやめる。ちなみに今日、私の誕生日。敏行に言ったら、「ふぅ～ん　それがどうしたん？」「別に……」。悲しい……。

1月28日（金）精子が減っている!?

　最後の治療オンコビン、30分。無事終わった。２、３日で一時退院できそうだ。病院を外出して待ちに待った精子保存のために新大へ行ってきた。精子が減っているなんて思ってもいなかった。敏行も私もすごくショックだった。石黒先生は抗がん剤で減ることはないから移植前で大丈夫だって言っていたのに……。１ccに８万しか精子がなかった。通常は１ccに４０００万～８０００万らしく、かなり少ない。不純物を取って冷凍したり解凍したりしているうちに絶滅してしまう可能性が大きいらしい。せめて１匹でも残っていればいいが。保存するにはギリギリの数だけど、とにかく保存をお願いしてきた。

抗がん剤を始めた頃に行っておけばまだ大丈夫だったかもしれないのに。石黒先生は「何回も行って採ってきたほうがいい」とおっしゃってくれたので、新大の藤田先生に電話で確認した。3回までだったら保存可能だとおっしゃってくれたので、あと2回行くことにした。来週と、2回目は抗がん剤の影響がなくなって回復するのを期待して次の入院ギリギリまで待って行くことにした。敏行は口も利けないほどショックを受けている。見ているのがとても辛い……。

1月29日（土）　1日だけ外泊

今朝、石黒先生が回診に来て、1日だけ外泊してもよいと許可が出たので帰ることにした。気分転換だ。昨日から元気のない敏行を見て許可を出してくれたのだろうか？そして明後日の月曜日、脊髄液検査、髄注、放射線の練習をして検査の結果異常がなかったら一時退院できるらしい。あと2日だから外泊しなくてもよさそうだが……せっかくだし、敏行も「帰る！」と言うので帰ることにした。次の入院はドナー待ちで、家で待機していてバンクから連絡が来たら入院することになった。移植のための入院になる。

長い一時退院になるため、心配だから飲み薬を出しておくと言われた。「精子には影響ないのか?」とお聞きしたら、弱い薬だから大丈夫とのこと。石黒先生の言葉を信じていいのだろうか? 2月中に移植できればいいが、3月にずれ込む可能性が大きいらしい。そうするとまた延びてしまう。体力のある今のうちに移植させたいが、骨髄バンクのほうはどうなっているのだろうか? もうここまで来たら、焦っても仕方ないから気長に待つことにした。

敏行が帰りの車の中で「体外受精は20%の確率で、1回30万円かかるらしい」と言っていた。お金のことは大丈夫だから3回のチャンスに賭けるしかない! 20%の確率に勝った人だっているんだから。必ずしも医者の言うことが正しいわけじゃないんだから大丈夫! 成功を祈って一緒に頑張ろう。そう敏行に言いながら、私は自分に言っているのかもしれない。だって孫の顔が見られないなんて寂しいもん。孫の顔見て抱くまで私はあきらめないよ! みんなの気持ちが絶対勝つよ。敏行あきらめるな!!

仲間が家に集まってくれて、念願の焼肉を食べに行ってきたようだ。敏行の運転で行ったらしいが、雪がすごいし凍っているから、とにかく運転だけは気をつけてほしい。もらい事故だってあるのだから。でも仲間は本当にありがたい。こんな急でもすぐに駆けつけて集まってくれるのだから本当に嬉しい。感謝の気持ちでいっぱいだ。敏行にみ

仲間からの頑張れメール

★「顔はマジ辛いよな(>_<)　トッシーイケメンだもんな顔がマヒして動かねんなら笑うなクールに決めろ！(-_-)　俺も付き合う！　絶対動くから気長に行こーぜ！　でも心配な気持ち痛いほどわかる俺がそうだったら…かなりきついもんな(T_T)　冗談抜きで絶対治るから！　(^^)v」

★「二月に帰って来れるんなら家行くよ。退院旅行の計画も立てようぜ(^^)v　頑張れよ♡」

★「おい!!　大丈夫だって(^.^)　熱に負けるな！　待ってるれ♡　情けない事言ってるな！　トシ！　おいトシ！　俺がついてる！　皆がついている事忘れるなよ！！」

★「そんな事いわないで…絶対大丈夫らって」

★「また三人くらいでお見舞い行くよ!(^^)!！　一日でもはやく治ってくれよo(^-^)o」

★「とし♡　調子はよくなってきてるんかっ？　退院したらほんきムリしない程度に集まるんだっけつらかったら気～つかわんで言うんだよ!!　また連絡するぜぃ(^^)v　頑張れ～！！」

んなの気持ちを分かってもらわないとバチが当たる。分かっていると思うが。感謝しているよね？　敏行！

日曜は、夕方仲間の家に遊びに行っただけで、家でゆっくりしていた。彼女が来るのかと思ったら、来なかった。お父さんとおじいちゃんが病院まで送ってくれた。

1月31日（月）

白血球数　２７００／**血色素量**　７．９／**血小板数**　２４万３０００

今日はすごい雪。いつもは１時間くらいで病院に着くのが１時間半もかかった。

脊髄液検査、髄注をして胸のカテー

テルを抜いた。髄注のせいで「気持ちが悪い」と言って、吐き気止めを注射してもらったらずっと寝ていて、1時頃大分良くなったのか起きた。お昼のうどんを温めて食べさせたら半分くらい食べた。元気が出てよかった。お父さんから仕事が忙しいから早く来てほしいと言われ、敏行が落ち着いたのを見て、1時半頃帰った。

　敏行は放射線科の先生に「お母さんは一緒ですか?」と聞かれたらしい。放射線のリハーサルで、膝《ひざ》を曲げた状態で体の寸法を測り、身動きできないほどのぴったりの透明な箱の中に入り、全身を右側から20分、10分休んで左側から20分かけるらしい。先生の話では放射線の治療で肺が縮んで死ぬ人がいるとか……そんな怖い話を一人で聞いて、リハーサルも一人でしたのかと思ったら切なくなった。敏行に「俺、何されるかと思ったら、マジ怖かったんけね!」と言われ、ずっとそばにいながら、肝心な時にいてやれなくてごめんね、と思った。怖い話を聞かされてどんなに不安だったか、心細かったか……。ごめんね。私もそばにいてやればよかった。本当にごめんなさい。

　放射線のリハーサルで遅くなったから一時退院は明日になった。明日はかなり冷え込むらしい。風邪をひかせないようにしないと……。

2月1日（火）　4回目の一時退院

今日雪がすごく降って、車をやっと掘り出してきた。こんなに寒い日に退院させたくなかったな。でも次の入院は移植のための入院だから、おいしいものをたくさん食べて、仲間からたくさん、力と元気もらわないとね！

この間お父さんが、チラッと言っていた。東京で精子保存をしてくることは可能なのか？　先生にお聞きしたら可能だとおっしゃってくれた。「どこがいいか、インターネットで調べてみてください」と言われたので調べてみたら、新大しかやっていないと思っていたのに、新潟県内でもかなりたくさんあった。東京まで行かなくても新潟で間に合う！　よかった。放射線をかけてしまうと精子は造れなくなる。回復不可能になるから、放射線をかける前に可能な限り保存してあげたい。明日何件か電話して聞いてみよう。こばり病院も行っているらしい。敏行が生まれた病院だから、うまくいきそうな気がする。

お昼、お決まりのラーメンを一緒に食べて、敏行は服と靴を買ってきた。これからいつになるか分からないが、長い一時退院になる。早く移植の日が決まるといいな。

2月2日（水）

敏行は今日から学校へ行って補習を受けている。3年生は2月から3月3日の卒業式まで学校へ来なくていいらしく、敏行は教務室の暖かいところでヌクヌクとして半日勉強していた。母の送迎付きだ。仲間がいないのがちょっと寂しいようだが……。

精子保存について何件か電話してみたが、「してません！」と簡単に断られた病院もあった。木戸病院に電話したら婦人科のカウンセラーで男の若山先生と話ができて、40分くらい真剣に話を聞いてくれた。すごく感じのいい先生で安心できそうだ。何回でも保存可能だそうだが、新大と違ってお金がかかるらしい。とにかく「来て診てみないと状態が分からないから、受診してください」とのことなので、行ってみることにした。立川綜合病院もいいと聞いたので、聞いてみたら「いつでもいいので来てください」とおしゃってくれた。3件の病院で保存できれば、先のことも考えていいかもしれない！敏行がちょっと大変だけれど、将来のことだと思って頑張ってもらわないと。お母さんもできることは全部やってあげるから、あきらめないで頑張ろう！

2月3日（木）

木戸病院の若山先生から電話があっていろいろ話を聞いたが、精子の数の8万はかなり少ない数なので、うちの病院でダメだと分かったら、東京の慶應《けいおう》義塾大学病院を紹介してくれるとおっしゃってくれた。精子保存に関しては日本で一番らしいから、そこがダメならあきらめるしかないと言っていた。かなり辛いけど、若山先生も一生懸命になってくれているからありがたい。明日、新大へ保存に行くから１週間くらい空けないと精子がたまらないので、木戸病院には９日に行くことにした。ＡＩＤといって精子バンクから他人の精子で妊娠することも可能だが、それで自分の子として育てることができるだろうか？　でも最悪そういう方法もある。とにかく、それは最後の最後だから……私も辛い。でも敏行の命があってこそ！　あとは医学が進んでＤＮＡで子供がつくれることもあると思うから。望みを捨てないで頑張ろう。先生を信じて、できることはすべてやってやろう。

2月4日（金）　精子5万！　保存不可能、みな私のせい

今日お父さんと敏行で新大へ２回目の精子保存に行ってきたが、精子の数が１cc５万しかなくて保存できなかったらしい。どうしてなの？　薬も飲んでいないし、何の治療もしていないのに。なぜ前回よりも減っているの？　お父さんから話を聞いてショックだった。石黒先生は薬で精子は減らないから移植前で十分です！　と言っていたから安

心していたのに。いざ行ってみたら「保存できません。数が少なすぎます」はあんまりだ！

　敏行ごめんね。もっとお母さんがしっかりしていれば、こんなことにならなかったのに。敏行の人生、将来、みんなお母さんがつぶしてしまった。敏行、本当にごめんね。謝っても取り戻せない。結婚もお母さんがさせてあげるから。敏行を理解してくれる人が必ずいるから……本当にごめんなさい。

2月6日（日）一人だと嫌なこと考えてしまう……

　敏行は一人でいるのが嫌らしく、毎日のように仲間と一緒にいる。昨日敏行の運転で男女四人で瓢湖《ひょうこ》へ白鳥を見に行ってきたようだ。敏行が電話をしているのが聞こえてきたが「一人だと嫌なこと考えてしまうから一緒にいさせて!!」と言っていた。敏行の気持ちがすごくよく分かる。病気のこと、卒業のこと、顔のこと、専門のこと……抱えていることがたくさんあるから、気持ちもいっぱいいっぱいでパンクしそうだと思う。みんな時が来れば解決することなのだから、焦らないで一つひとつクリアしていこう！顔だって少しずつ動き始めている。必ず良い方向に進むことを信じているから。

　仲間が泊まっていってくれた。本当にありがとう。

2月9日（水）子供はできない……保存不可能

木戸病院へ行ってきた。お父さんは仕事の都合で来られなかった。加茂病院より大きいような気がする。想像していたより大きかったからビックリした。病院の大きさを見たら安心した（大きな病院だからといって安心するのはおかしいけれど……）。

しかし結果は保存不可能。かなり精子が少なくて、顕微鏡で見てもザワザワ動いているのは分かるが、飛び抜けて元気に動いているのが１、２匹。それも奇形になっていた。抗がん剤の影響だと言っていた。体の外に出てくる精子は２、３カ月前にできた精子だそうだ。入院した時に精子保存の必要性が分かっていて、入院してすぐに精子を採っていたら、薬の影響も何もなかったようだ。精子採取の容器を病院に取りに行き、病室で採取して私が病院に届けることも可能だったらしい。本当にその頃、若山先生に出会っていたらと思うと悔やまれる。東京の病院の件は、精子が少なく奇形だとどうしようもない。精子を増やす薬を飲んでも今は抗がん剤の薬を飲んでいる状態だし、放射線があるから増えるのを待つ時間がない。生殖機能がダメージを受けているから、飲んでも増えない。あきらめるしかない。敏行は常に冷静だけど、子供が好きな分ショックも大きいと思う。敏行ごめんなさい。もっと早くになんとかしてあげればよかった。私の無知の結果だ。悔しくて悔しくてあきらめがつかない。

お父さんも「孫の顔が見られねんかぁ〜」と残念がっていたけど、世の中孫を抱けない人なんていっぱいいるのだから！　前向きに考えないと。私たちよりも敏行が一番辛く悲しいのだから。20年後の医療はすごくなっているよ！　ＤＮＡで細胞を造れるところまで進んでいるのだから夢は持っていよう！　希望を持ってあきらめないで頑張ろうよ！

　骨髄バンクから最後の一人の請求書（ドナーの検査費用は患者が支払う）が来たから移植の話も進んでいるのかも。明日がんセンター受診の日だから、先生から話があるかもしれない。覚悟して行かないとダメかも。

2月10日（木）最高の提供者現れる！

　血液検査良好。外来受診に行ったら、バンクの登録者にもう一人適合者が現れたらしく、その方に早急に！　大至急！　話を進めてもらっているようだ。その方は最近登録した近畿地方の方で、30歳代前半の75キロくらいある、しっかりした体格の男性だそうだ。体重によって採れる骨髄の量が決まっていて1リットルくらい採取できるそうだ。

　今までの方は五人すべて女性で、いくら体が大きくても男性よりは採取できる量は少ないし、移植するなら血液型も性別も同じほうがよいということなので、ピッタリでベストの方だから、この男性にお願いすることにした。移植自体に性別は関係ないが、もし女性のドナーからの移植になると、染色体が女性になるらしい。骨髄液をたくさん移植すると定着も早くて、敏行も辛い思いをしなくてすむようだ。３月中に移植できるようにバンクと話を進めているらしい。ってことは……３月３日の卒業式には出られるかもしれない！　最高のドナーの方が見つかって卒業式に出られるなんて、今まで待っていてよかった！　この男性のドナーの方、登録してすぐだからきっとビックリしただろうなぁ〜。本当にありがとうございます。敏行はあなたの骨髄で元気になります！

　病院の帰りに敏行と二人で学校に寄って、桑野先生と話をしてきた。学校のほうは卒業見込みで話を進めてくれているらしい。でもギリギリまで補習に通わないと。頑張ってもらいたい。

　みんなと一緒に卒業させるぞ!!

2月17日（木）白血球が増えている！　がん細胞の出現？

白血球数　３万４２００／血色素量　10・９／血小板数　22万７０００

　外来受診してきた。髄注したら気分が悪いらしく、車の中で少し寝て帰ってきた。血液検査で白血球が３万４０００にも増えていた。石黒先生は「心配ない」と言うが、シヨックだった。敏行も「俺、大丈夫なん？」と心配しているが、元気なのが救いだ。先週の検査の時は６５００だったのが、１週間で5倍以上の３万４０００！　最後の治療をした1月28日からちょうど20日。20日でまたがん細胞が増えているの？　３週間持たないの？　本当に大丈夫なの？　いとこの淳恵《あつえ》ちゃんの結婚式が3月6日にあるけど、出席は無理かなぁ……。先生は出られるように考えてくれていたが、今日の検査結果だと無理だと思う。体が一番だから無理はさせられない。淳恵ちゃんには祝電を送ることにする。25日に最後の望みを賭けて新大へ精子保存に行くが、今回抗がん剤の内服薬を出されたから期待できないかもしれない。敏行は仲間の家に泊まりに行ったり、車で出かけたり、無茶なことばかりしている。何かあって後悔しても遅いんだから！　自分を大切にしてほしいのに今日も泊まりに行くと言っている。本当にどうかしている！　親の気持ちも知らないで！　とにかくおとなしくしていなさい！

2月19日（土）

心配していた顔が少しずつ動いてきている。「顔が動かないなら死にたい！」とまで言っていたから本当によかった！　敏行も気づかないうちに少しずつ動いていたようだ。大喜びするかと思ったらそうでもなかった。あとは時間の問題かな？　大分動いているから安心した。夜中に気持ち悪いと言って吐いていた。食べすぎたと言っていたけれど、いつもくらいの量だし、やっぱり体調が悪いのかもしれない。17日に外来で血液検査をした時、血小板が10日の日に比べて10万も減ってきていたから、今のうちに虫歯の治療に行ってきた。

血小板が減ると出血が怖い。「虫歯がもう1本気になる」と言っていたので、早く行きなさいと言ってもなかなか行かず、血小板が減ってから慌てて行っている。のん気なんだから！

2月25日（金）

最後の望みを賭けて新大へ行ってきたが、精子保存はやはりダメだった。辛いかもしれないけれど受け止めるしかない。時間がたてば良い方向に考えられると思う。10年、20年後、ＤＮＡで子供がつくれる時代が来ると思う。クローン人間がつくれる時代に……。希望を持って前に進むしかない。お母さんも力になるから！　敏行、頑張れ!!

新大の帰りに国際メディカル専門学校へ行っていろいろ話をしてきた。休学はできるので、休学届の手続きをしてきた。納めた前期分の授業料はそのまま来年度分に回してもらうことにした。敏行に「治療に専念して元気な姿で学校に来るのを待っています。

辛いと思うけど、絶対大丈夫だから頑張ってください」と励ましの言葉をくれた。本当に感謝しなければならない。とても良い先生方で学校のほうは何の心配もしないで治療に専念できることは本当にありがたい。敏行を心配して支えてくれる人がドンドン増えていくね。移植の後は本当に体力消耗するから、しっかり休んで休養して体力取り戻さないとね。専門はハードだから。

2月28日（月）おめでとう！ 卒業決定！

今日で補習が終わり、桑野先生から卒業認定が決定したと、敏行のところにやっと電話連絡が入った！ 無事みんなと卒業できる！ 本当によかった。敏行おめでとう！ 本当によく頑張ったよ。抗がん剤の治療をしながら勉強をし、院内学級（教師が病院に出向いて授業をする。中学まで）の生徒さんたちを見て「いいなぁ～みんなは……なんで高校生は院内学級がないんだ。あれば、卒業の心配しなくていいのに……」とうらやましがったり、敏行が「英語が全然分からん！」と言っていたので、院内学級の外国人の女性の先生にお願いして病室で英語を見てもらった時に「私たちの国の国語の授業に使う教科書ですよ。同じです！ 難しい勉強しているんですね～」と感心されたこともあったり……そんな敏行の姿を見ていたから、お母さんも感無量です。本当に敏行は頑

張ったよ！（補習に通う敏行のために、雪の中、運転手をした自分にもご苦労さま）

高校も卒業できるし、専門学校も休学が決まったし、本当にあとは治療に専念するだけ。顔も大分動いてきている。動き始めたら安心したのか、まったく冷静だ。あんなに大騒ぎしたのは何だったの？　って感じだよ！　とにかくよかった！

昨日あたりから口内炎がいくつかでき始めている。鼻をかむと鼻血も出る。血小板が減り始めているのかもしれない。かなり心配だ。明日、12日ぶりに外来に行く。

3月1日（火）嫌な予感……

12日ぶりに外来に行ってきた。血液検査をしたら結果がかなり悪いらしく、再度採血した。白血球が前回と同じく3万ちょっとだが血小板が1万4000しかなく、前回の22万7000から12日の間にこんなに減ってしまった。怖い数だ。初めて病気が分かった時が3万5000で、この数でも頭に内出血を起

仲間との送受信メール

★「今日卒業できるか結果でたよ～」

☆「どーらった！？」

★「無事卒業できましたぁ！！」

☆「おめでと～！　マヂよかったぁ！(^^)/　ぢゃ春まで遊びまくりぢゃん♥」

こすかもしれないと言われていたのに、この1万4000！　かなり怖い数なのでは……急きょ外来で血小板の輸血をすることになった。

家に着いて敏行も初めて気づいたのだが、左ひじの内側に3×5センチくらいのかなり大きな内出血したばかりだと思われる、ピンクのあざができていた。今日の詳しい検査結果を3日の夕方電話してくれるらしい。あってほしくはないが、もし、がん細胞が増えていたら、7日の日に入院することになった。鼻血も出始めている……白血球も3万、血小板が1万4000。嫌な予感がする。卒業式、出られるだろうか？

3月2日（水）友達は逃げないよ！

明日の卒業式の予行練習のため車で送ると言ったが、敏行は「仲間と行くからいい！」と自転車で行った。一日かかるから、帰り疲れるのに。昨日血小板を輸血したばかりで十分に増えていないのだから無理はしてほしくないのに、敏行を見ているとハラハラする。悔いのないように……はすごくよく分かるけど友達は逃げないよ!!　とにかく明日の卒業式は迎えられそうだが、かなり冷え込むそうだから暖かくして行かないといけないな。病院からの連絡も怖い。

3月3日（木）卒業おめでとう!!　そして明日入院

敏行卒業おめでとう!!　本当によく頑張ったよ！　一人ずつ名前を読み上げられた時、本当に胸がいっぱいになった。敏行の仲間の母親からも「敏行くん卒業できて本当によかったね！　もしできなかったらみんなで校長に抗議しようと思ってたんだよ！　おめでとう！」と、私の手を取って本当に喜んでくれた。私もみなさんに支えられて、なんとかここまで来ることができた。みなさんの励ましがすごく嬉しかった。本当にありがとう。敏行は途中具合が悪くなって保健室で休んでいたが、式が終わった後、最後のホ

仲間との送受信メール

☆「今日来たんだね(˜o˜)！大丈夫なんだ？」

★「うん昨日輸血したから体調ばっちし(^^)v」

☆「そーなんだ(>_<)　とし無理してるのかと思ったから愛ちゃん心配しましたよ(+_+)!!　無理してでも来たい気持ちわかるけどさ!!　でも、ムチャしちゃダメですよ♪」

★「心配してくれたの！？　ありがとね♡　けどまじ大丈夫らっけさ(^^)v　あ！　明日卒アルにメッセージ書いて～」

☆「おいらゎいつもトシを心配してるよ(^_-)　いいよいいよ。あいのにも書いてねぇ(o^o^o)」

ームルームにはちゃんと出た。なんとか大丈夫らしい。一緒に連れて帰ろうかと思ったが「仲間とメシ食ってから帰る」と言うから、私も友達数人とお昼を食べることにした。食べている時に石黒先生から携帯に電話が入った。

「1日の血液検査の結果で、がん細胞が増えているから明日すぐに入院してください！」

えっ⁉　もしがん細胞が増えていたら7日に入院じゃなかったの⁉　一刻を争うの？そんな……嫌な予感が当たった。また移植が延びてしまった。次は移植のための入院のはずだったのに。敏行に連絡を取って一緒に帰ってきた。

「マジ⁉　嘘だろう？　お母さん……嘘だろ……」かなりショックを受けていた。それなのに夜「仲間と卒業祝いするから出かける！」と言うから絶対行かせたくなくて敏行の前に立ちはだかるが、振り払って行ってしまった。やっと卒業できて、仲間とも離れるから名残り惜しい気持ちも分かるけど、お母さんの気持ちも分かってほしい。

仲間との送受信メール

☆「今日ゎとし来れないと思ってたカラ逢えて本当嬉しかった！　最後なのにとしに逢えないなんて哀しすぎるもん(;_;)　写真も撮ったし(^^)　その写真ゎ一生の宝物です(uεu)　とし！　沢山色んな事あるだろぅけど頑張ってね(^^)/　たとえどんなに離れてても忙しくても何してても彩ゎいつもとしを応援してるし見守ってるカラね(^_-)　としゎ優しいカラ皆に心配とか迷惑かけないょぅにしたりするかもらけど、もっと甘えていぃんだょ！！？　皆全然迷惑に思ゎないカラ(˘o˘)　皆がとし大好きだから♡　彩もとし大好きだから！　これ本当。としが今ょり何倍も元気なトコ早く見たいょ！　また部活の皆で集まってバスケして、バカやっていっぱい騒ごぅね(*^_^*)！　楽しみにしてるカラ(^_-)　としゎ１人なんかじゃないょ♪　いつでもうちらがいるカラ(^^)v　でゎ♪　♡ａｙａヨリ♡」

★「ホントありがと～(^^)v　またあやと会えるの楽しみにしてるっけ！！　絶対集まろうね！　でわまた会う日まで～(＾＾)/˘˘˘♪」

☆「一年ありがとね～(˘o˘)　闘病ファイト！」

★「こちらこそありがとね(^.^)　ホントに迷惑かけてごめん。また集まろうぜ(^^)v！」

三月三日、卒業式に教室で

第四章

再発、そして過酷な治療の始まり

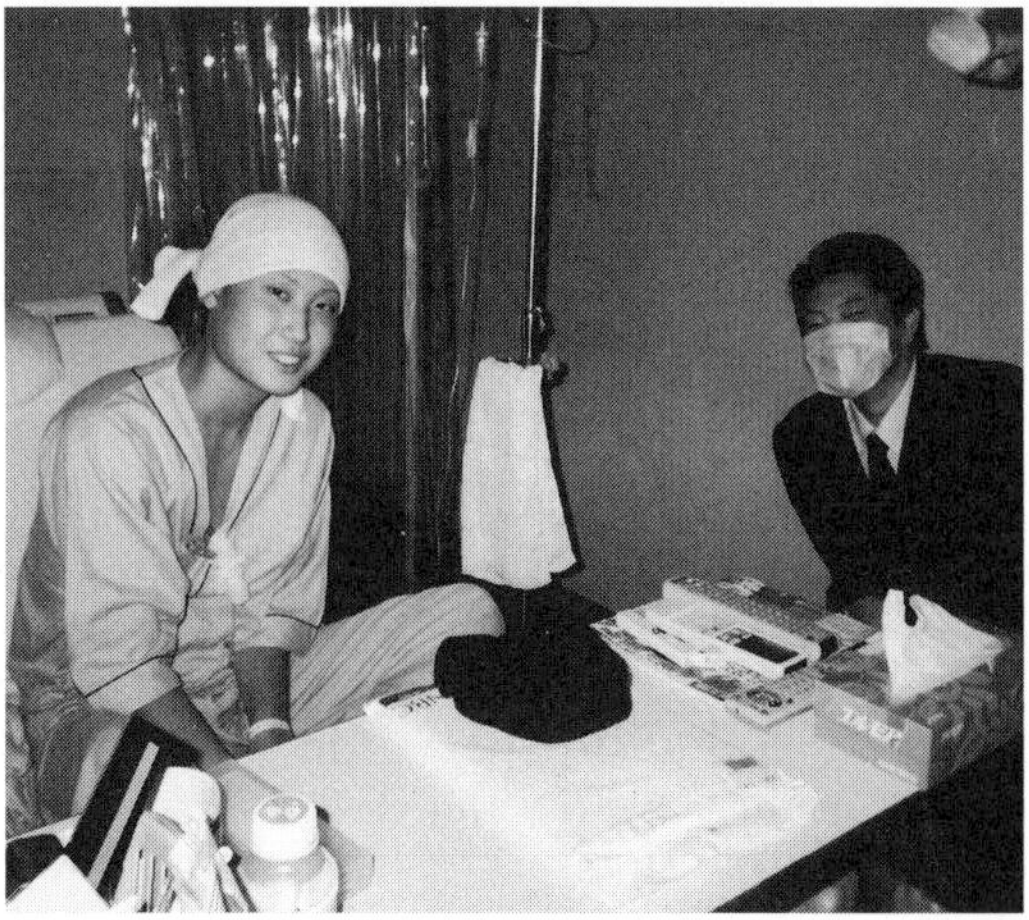

入院して間もない頃、仲間と病室で

闘病記録②　3月4日〜6月27日

3月4日（金）5回目の入院、再発!!

昨日11時過ぎに敏行から電話で「寒くて仕方ないから俺の部屋、ストーブつけておいて！」と連絡があった。お父さんが電話に出てストーブをつけておいた。電話を切って20分くらいで帰ってきて、お風呂も入らないで寝た。

12時頃「お母さん！　お母さん！」「どうしたの？」「熱が……熱が……」ビックリして熱を測ったら、40度を超えている！　私もどうしていいのか分からなくなったが、とにかくすぐにがんセンターに連絡を取った。

「明日入院の予定になっているので、ベッドの用意もできています。入院の準備をしてすぐに来てください！」。熱のせいで寒気がして震えているのか、怖くて恐怖で震えているのか。ガタガタと震えている敏行を毛布で包んで病院へ連れて行った。車を運転しながら（なんで41度まで熱が出るの？　昨日の先生からの電話で、明日すぐに入院って言われたのはやっぱりすごく悪いの？　敏行は大丈夫なの？　敏行に限ってそんなことはない！　絶対大丈夫!!）ずっと自問自答をしていた。

「俺大丈夫なん？　お母さん……」「絶対大丈夫だから！　心配しなくていいから。落ち着いて、目閉じてなさい」。敏行にはそう言ったけれど、私もすごく不安で心細かった。敏行が一番不安なのだから私まで一緒に不安な顔はできない！　しっかりしないと！

　無事病院へ着くと、夜中の1時を過ぎていた。すぐに処置室で抗生物質の点滴を始めた。看護師さんが簡易ベッドを用意してくれたが、家のことを何もしないで出てきたので明日の朝早くに来ることにした。看護師さんに敏行のことをお願いして、2時過ぎに病院を出た。後ろ髪引かれる思いだった。帰り道、極度の緊張感からなのか……病院にいれば大丈夫！　とホッとした安心感からなのか……急に吐き気をもよおし、車を止めて草むらで吐いてしまった。家に着いたのが3時を過ぎていた。朝7時半頃病院に着いた。まだ熱は下がっていない。9時頃、西病棟の個室に移った。5回目の入院で西病棟に来たのは初めてだ。新しくできた病棟だから広くて、すごくきれいだ。石黒先生がいなくて、代わりに広瀬先生から病状の説明があった。

【急性リンパ性白血病の再発、そしてＤＩＣ（播種《はしゅ》性血管内凝固症候群）】

　血液中の白血病細胞の再出現。ＬＤＨ（乳酸脱水素酵素）などの著明な上昇が見られ、再発の状態と考えられる。科学療法により白血病細胞の減量を図り、ＤＩＣの改善も期待される。再度寛解に導入された後、移植の治療に進むのが理想的と考えられる。一番初めにした1週間に1回の科学療法を5週にわたり、もう1度今日から行う。再寛解導入療法をやる。

以上が先生の説明で完全寛解でありながら、がん細胞が増えてくることを、治療の途中でも「再発」ということを知った。広瀬先生から聞いた説明を調べたところによると以下のようである。

●ＤＩＣとは

白血病により血管内に血栓（血のかたまり）が造られ、血液の流れに支障をきたすこと。血液が十分に全身に巡らないために、あらゆる臓器に酸素が送られなくなる。そのためにあらゆる臓器の機能不全や出血傾向が見られ、多臓器不全を引き起こす。ＤＩＣは重篤な基礎疾患で、病状はＳＩＲＳ（全身性炎症反応症候群）とも関連する。

●血栓とは

破れた血管を修復して止血するために不可欠。健康な人なら血栓を造るはたらきとそれを溶かすはたらきのバランスがとれているが、この血栓が心臓の血管をふさぐと心筋梗塞、脳の血管をふさぐと脳梗塞が起こる。

●ＬＤＨとは

血液検査でこのＬＤＨの値が高くなる場合は、白血病などの白血球の悪性腫瘍、その他のがんの時にLDHの値が高くなる。一番LDHが上がるがんは、悪性リンパ腫と白血病である。LDHの正常値は200～400くらいで、悪性リンパ腫や白血病では600から数千まで高く上がる。がんでLDHの値が高くなっている場合、治療でがんが小さくなるとLDHの値は下がるが、同じがんが再発すると、ふたたびLDHは上がっていく。LDHは腫瘍マーカーとして使える。

敏行の場合は発病した時のLDHの値は7900で、今日の値は2万4700だった。正常値の200～400に比べたらとてつもない数だ！　広瀬先生もかなり悪くなってきているとおっしゃっていた。熱を出す3、4時間前まで卒業祝いだと、私を振り払ってまで仲間と騒いでいたのに……辛くなかったのだろうか？　帰ってきてすぐ熱を出して、若さが、無理をさせ、再発発見の邪魔をしていたのだと思う。

【今日の血液検査の結果】

白血球数　2万7500／**血色素量**　9・2／**血小板数**　1万

血小板の輸血を行った。1日に外来で血小板の輸血をしたのに、まったく増えていなかったのだろうか？　その後、仲間の家に遊びに行ったりしていたなんて、かなり怖いことをしていた。今日から抗がん剤治療を始めたが、前は気持ち悪いとか、吐き気がするなんてことは1度も言わずに、逆に食欲旺盛で抗がん剤を投与しながらも何でも食べていたのに、今回は大分ダメージを受けているのか、吐き気がして気持ちが悪いと言ってほとんど食べられない。かなり辛いらしく、口もきかずグッタリしている。抗がん剤、抗生物質、栄養剤……1日で10本くらい点滴をした。目の下にクマのように少し色がついている。クマにしては目のすぐ下じゃなくほほの一番高いところだから違うと思う。何だろう？

3月5日（土）

目の下が昨日よりもまた一段と青くなって赤みも出ていて内出血を起こしている感じだ。今日も血小板の輸血をした。敏行を見ていると、今までの中で一番悪い気がする。マンガも読まないしCDも聴かない。マンガもCDも離したことがなかったのに。難儀か聞いても「別に……」しか言わない。トイレに行く時くらいしか起きない。大丈夫なのだろうか？　再発はこんなになるのだろうか？　石黒先生が月曜日に移植の日を決めて署名してもらうと言っていた。やっと移植を決めてくれるんだ！　先が見えてきた。敏行もう少しだよ!!

3月6日（日）今までで一番辛い……頑張らなくていいから

4日の日の白血球が2万7000くらいだったのが今日は6300。1回の抗がん剤の治療で、半分以下に減った！　ほかの臓器がダメージを受けているんだろうな。今日鼻血が滝のように出て、なかなか止まらないので、広瀬先生に処置してもらった。目の下のあざは先生が「様子を見ていましたが、内出血ですね」。やっぱり内出血だった。熱はなんとか下がってくれたが、夜中に吐いたと言っていた。私も感じていたが、敏行も「俺、今までで一番辛い……」とボソッと言った。かなり辛いのだと思う。代われるものなら代わってあげたい。敏行、あんまり頑張らなくていいから、疲れちゃうから……ゆっくり目の前のものから一つひとつクリアしていこう！

3月7日（月）バンクに最後の書類を送る

石黒先生が4月の最後の週のいつなら移植が可能なのか、ドナーの方に聞いてから移植の日を決めるようだ。最終的な書類に署名をした。先生が今日出してくれたから、あとは返事を待つだけ。本当に骨髄を提供してくれるのか。ドナーの方が風邪や事故、自然災害などにあわなければいいが……本

専門学校の小薬先生からの頑張れメール

★「治療開始と聞きました。体のやり場がないくらい辛いだろうなと心配しています。あなたの笑顔をいつも思い描いています」

当に心配だ。それよりも、敏行の体力もそうだが、ベストの状態で移植が受けられるのかも心配だ。体重が4キロ減った。吐き気を起こす原因が抗がん剤だけではないらしい。抗菌剤の点滴も今の敏行には吐き気を起こさせるから、抗菌剤の点滴をやめた。食欲が出てくるといいが……。

3月9日（水）危機を脱した！

白血球数　2500／血色素量　8・3／血小板数　4万2000

お父さんがいつものように夕方病院へ行ったら、ちょうど石黒先生にお会いして、敏行の病状を聞いたらしい。「高野くん危機を脱しましたよ！」とおっしゃってくれたそうだ。本当によかった！　血液検査の値が悪かったから心配をしていたが、まず一つクリア！　血小板を輸血しても思うように増えないからどうしてなのかと思ったら、1回目の抗がん剤の影響で、白血球も血小板も減ってきているのと重なったらしい。がん細胞も見えなくなったと言っていた。本当によかった！　でも鼻血が止まらない。先生は大丈夫だとおっしゃっていたから、心配はないだろう。食欲も出てきたからよかった。男性のドナーの方の検査費用の請求書がまだ来ない……コーディネートは進んでいるのだろうか？

3月10（木）

鼻血が止まらないのに、また大量に出血した。鼻の毛細血管が傷ついていて、少しの刺激で同じところから出血してしまうらしい。明日様子を見て、鼻の血管をレーザーで焼いてもらうことになった。眠剤を飲んでもあまり寝られないらしく、目がくぼんでいる。左のほほの下辺りにもあざができていた。血小板が足りないのかもしれない。止血剤の点滴を始めたが、鼻血はまだ止まらない。お父さんから、仕事が忙しいから早く来てくれ！　と連絡があったが、鼻血が止まらなくて、不安がっている敏行をとても置いて帰れなかったから、悪いけど仕事には行かなかった。敏行を守れるのは私しかいないんだから！　仕事は目をつむるしかない。

3月11日（金）薬なしでは眠れない……

白血球数　１６００／**血色素量**　８・３／**血小板数**　１万１０００

やっぱり血小板が１万１０００しかなくて血小板を輸血した。４日の入院から何回輸血しただろう？　今日で４回くらいはしていると思う。

予定どおり２回目の治療をした。白血球も順調に減っているが、今日はとても辛そうだ。

耳鼻科で鼻を診てもらうのが、14日に変更になった。敏行は夜、眠剤なしでは寝られなくなっている。夜寝られないほど昼は寝てはいないのに……いろいろ考えているのかな？　体のどこかが興奮状態になっているのだろうか？

3月12日（土）　いっぱい心配かけてほしい

今朝看護師さんから、夜中にまた鼻血を出して寝られなかったことを聞いた。敏行は何も言わないから分からなかった。何でも言ってほしいのに。心配かけないように言わないのなら逆にいっぱい心配をかけてほしい。敏行一人で抱え込まないで……お母さんは聞いてやることしかできないんだから……悲しくなっちゃう。

明日また血小板を輸血することになった。お父さんが病院へ行ったら、敏行が散歩しようと歩いていて、貧血を起こして倒れた！　と言っていたが、大丈夫なのだろうか？

今すぐに病院に行ってあげたい気持ちだけれど、明日の朝早く病院に行くことにしよう。

仲間との送受信メール

★「４月にもう１回退院して、そんで今度移植するためにまた入院する。２ヵ月たったらもう完全復活するよ(^^)/！♪」

☆「そぅなんだ～②ヵ月たったら完全完治なんだ！　ヨカッタぢゃん♡　復帰までもう一息だね！　頑張ってくれよ！　連絡待ってるよ(^^)v」

3月14日（月）

白血球数　3000／**血色素量**　5・9／**血小板数**　5万3000

赤い血の輸血をした（赤血球）。かなり貧血が進んでいるようだ。血色素量は通常15・0なのに、敏行は5・9しかない。鼻血が止まらないから、耳鼻科に診てもらった。毛細血管が次から次へと順番に切れるらしいからレーザーで部分的に焼き切ってもダメで、おまけに血小板が少ないから下手にいじって大出血を起こすと怖いので、そのままにしておいたほうがよいと言われた。じっと我慢の子だ!!　今免疫力が下がっているから辛そうだ。あせらないでじっくりいこう！　石黒先生から移植の話があった。ドナーの方の都合で、5月の第3週に移植する確率が高いようだ。放射線の全身照射は4日間連続のため、5月の連休中は行うことができないそうだ。

3月17日（木）輸血をしてもしても血小板が増えない

白血球数　1300／**血色素量**　6・3／**血小板数**　2万5000

15、16日と血小板を輸血したのに、増えない、鼻血が止まらない。どうしてなのだろう？　敏行の体はどうなっているのだろう？　明日治療の薬が入るとまた下がるけれど、大丈夫なのだろうか？　毎日毎日、血との闘いだ！

3月18日（金）セミクリーンルームに移動

3回目の治療をした。血小板も5万から増えず、また鼻血を出した。赤血球を輸血した。

白血球が700だからセミクリーンに移った。西病棟のセミクリーンに初めて入ったが、東病棟よりもきれいだ。セミクリーンに続く廊下の扉は頑丈な扉で仕切られていて、一般病棟は見えない。本当の隔離状態にされてしまった。東病棟はガラスの扉だったから一般病棟は見えていた。今の敏行の状態では何かに感染したら大変なことになるかもしれない。熱が心配だ。舌が腫《は》れて白くなっている。かなり痛そうだ。白血球が少ないと、口内炎もすごくなって食べられなくなるが、今のところ痛い痛いと言いながらも食べているからまだ大丈夫かな？

仲間との送受信メール

☆「てかお前ホントに元気な時にでもたま〜にメールしてくれよぉ(-_-)♪　あいぴょん心配らっけさ…(>_<)」

★「鼻血が止まらん…(-_-)」

☆「大丈夫？　心配だよ…頑張るんだよ(^_-)」

3月19日（土）移植の日が決定!!

石黒先生から移植の日が5月18日に決定したと話があった。今回の治療が4月上旬に終わったら一時退院して、中旬に軽い治療をした後また一時退院し、5月2日に入院して移植になる予定。いよいよだ！　やっと決まった！　延びて延びてやっと決まった。今までは早く決めてほしいと思っていたのが、いざ決まると、大丈夫なのだろうかと心配と不安でいっぱいになる。うまくいってくれることを祈るしかない。あと2カ月先だけど、敏行に何でも食べてもらって、十分体力つけてもらわないと。好きなもの何でも食べさせよう！

仲間との送受信メール

☆「てかトッシー四月のいつ退院出来るん？」
★「四月の頭ごろ(^.^)」
☆「そっかぁ　私五日入学式で、その前に村上行くッケ会えないかなぁ～」
★「たぶん無理かも。病気治ったら車で村上遊び行くし(^^)v　夏休みになったらみんなで旅行とか飲みとかしよって！！」
☆「いつ退院できる？　今月二人県外に出るらしっけその前にみんなで集まろうと思ったんけど無理っぽいよな？」
★「四月の頭くらい。たぶん退院できないと思う…だからその日はオレ抜きでやって(>_<)　オレは夏休みとかでいっけさ(^.^)」
☆「そっか～わかった(˜_˜)　じゃ夏休みみんなで集まろうれ!!」

3月22日（火）移植の日が5月17日に変更！

石黒先生からドナーの方の都合により、移植の日が1日早くなって5月17日になったと話があった。遅くなるよりも1日でも早く移植できるほうがいいので、逆によかった。

口の中が痛くて食べられないから、数日前からうがい薬に麻酔薬を混ぜてもらってうがいをしている。口の中をマヒさせてからご飯を食べているが、あまり効かないらしく2、3口に1回、うがいをしている。1回の食事に軽く1本（500cc）のうがい薬を空けてしまう。それでも食べられればまだ安心できる。鼻血もまだ止まらないし、唇の荒れも良くならない。すぐに唇が切れてほんの小さな傷でも鼻血かと思うほど血がたれてくる。普通なら唇がちょっと切れたくらいならすぐに治るが、敏行の場合は血が止まらなくなり、やっとかさぶたができたと思ったらまた出血する。何度も繰り返すから、小さな傷でも大きくあとが残ってしまう。明日髄注をする。

仲間との送受信メール

★「移植の日が完全に決まりました(^^)v！　五月十七日になった。また四月の二日くらいに退院するよ(˘o˘)！」

☆「マジすか♡　待ってました(^.^)♡　あんまり会いにいけなくてごめんな(T_T)　退院したら教えて(˘_˘)　会っていろいろ話したいっけ」

☆「本当に！　退院した時ゎ連絡してよぉ♪　今ゎ無理せず安静にしてなよぉ(^^)　頑張れね！」

3月23日（水）

今日髄注したが、以前より痛がらなかった。足がしびれたり、頭が痛くなったりしなかった。髄注をして少ししたら、私は家に帰ってしまったので、そばにいてあげられなかった。

白血球が８０００に増えていた。赤血球も８くらいまであったからまず一安心。問題は血小板だ。やっぱり２万ちょっとで鼻血も出ているから、明日血小板を輸血する。今、最高に増えても5万くらい。前のように、20万、30万と増えることはもうないのだろうか？　血液で最初に破壊されるのが血小板だ。明日中学の同級生のトムくんと仲間が数人来てくれるそうだ。仲間の顔を見ると元気が出るよ！

仲間との送受信メール

★「四月になったら退院する(^^)v！」
☆「予定通りらね。いかったじゃん(^.^)
明日って面会できる？」
★「できるよ！　てか今回二週間退院だから焼肉いこ！」
☆「じゃあ明日行くっけ！　いいよいこ！」

3月24日（木）

血小板を輸血した。鼻血はどうして止まらないのだろう？　２、３日おきに輸血しているのに一時退院できるのだろうか？

私が病院にいる間にトムくんたちに会うことができなかった。車を運転してきたらしいが、2時間も道に迷って6時頃やっと病院にたどり着いたらしい。看護師の佐藤さんが電話で道案内をしてくれたようだ。みんな免許取り立てで、加茂と違って新潟市内は交通量が多いから、運転には気をつけてほしい。とにかく無事着いてよかった。敏行も気がまぎれたと思う。みんな、ありがとう！

3月25日（金）

今日、律子の小学校の卒業式があった。命の大切さの話があった。敏行と重なる思いがたくさんあって涙が止まらなかった。律子もお兄ちゃんが入院してから、寂しい思いをたくさんしていると思うけれど、我がままを言わずに私に協力してくれている。卒業祝いもしてあげられなくて……もう少しの辛抱だからごめんね。必ずお兄ちゃんを家に連れて帰るから！　その時一緒にお祝いしようね。

　卒業式が終わって急いで病院に行ったが、着いたのが3時頃になってしまった。看護師の佐藤さんに、今日朝から来られないことをお願いしてきたのだが、4回目の治療の薬も入るし、気になって気になって仕方がなかった。病院に着いて佐藤さんから、昨夜から39度の熱を出していて、その後ずっと下がらず、今やっと少し下がり始めたが、治療の薬の影響で吐き気がすると言ってほとんど食べていないと話を聞いた。敏行が佐藤さんに「お母さんまだ来ねん？」「今日妹さんの卒業式だから、遅くなるって言ってたよ」「あっ！　そうか……」

すごく不安がっていたようだ。私がいる間も難儀そうだった。熱と出血に悩まされているし、止血剤も吐き気を起こす。今までと同じ薬を使っていても平気だったものが、今の敏行の体調では吐き気を起こしてしまうようだ。それほど敏行は弱っているのかもしれない。私が帰る時、寒気が出てきたようだから、また熱が上がるのかもしれない。夜お父さんが行ったら、やっぱり38・8度まで熱が出ていた。明日早めに病院へ行こう。不安がっていると可哀想だ。

3月28日（月）　神様はいるのですか？

白血球数　1900／血色素量　7・4／血小板数　1万5000

今朝看護師さんが「お母さん、駐車場のことで話があるから、ちょっと来てください」病室の扉を開けて手招きしている。「はい！　今行きます！」病室を出たら看護師さんが「石黒先生が話があるそうなので」と言われた。看護師さんに嘘をつかれて呼び出されたのは初めてだった。

石黒先生からの病状説明。

本日の血液検査で、白血球数が１９００（白血病細胞数は減っている）と減少傾向だが、白血病進行のマーカーを示す血液の数値が、

ＬＤＨ　５３１２（前回　２４０）
ＦＤＰ　20・3　（前回　９・３）
Ｄ―ダイマー　14・6（前回４・４）

前回の21日の血液検査から比べると増加している。可能性としては、

①悪い場合　白血病再燃→別の抗がん剤による化学療法
②良い場合　白血病細胞が壊れる（腫瘍崩壊）→このまま経過をみる（心配不要）

連日の採血検査にて判定する。今回入院した3月4日よりも、かなり悪くなっていると言われた。どうして？　悪ければ、白血病細胞が増えてきている。良ければ、白血病細胞が崩壊している。どちらの場合でもこれらの数値が高くなるらしい。良いか悪いか……二つに一つだ。あってほしくないが、もし、がん細胞が増えてきているなら、明日の血液検査で分かる。増えているのなら、もう今までの抗がん剤では効かなくなっているようだから、今まで使ったことがない、別の種類の抗がん剤を使うとおっしゃっていた。がん細胞が強くなってきているらしいが、抗がん剤で叩かれれば叩かれるほど、がん細胞が強くなって進化しているのかもしれない。強い抗がん剤、それよりもまた強い

抗がん剤、と追いかけっこしているようだ。まだ体力が十分にあった、再発前の2月の時点で移植していれば、こんなことにならなかったのかもしれないのに……男性のドナーなんて待っていなければよかったのに！　敏行にばっかり辛い思いさせて、神様はいるのですか？　いるのなら出てこい!!

3月29日（火）バンザーイ!!

白血球数　2100／血色素量　7・0／血小板数　5万4000／LDH　3814

バンザーイ！　検査結果では昨日より数値が下がっていた。明日また血液検査してみるが、大丈夫だろうとおっしゃっていた。がん細胞が増えていれば、今日あたりLDHの数値が倍くらいに増えていたらしいが、下がっているから様子を見るらしい。昨日血小板を輸血したが、明日もすることになった。相変わらず血小板は増えない。1日1回鼻血も出ている。食欲は少しはあるみたいだから救われる。食べたいものは何でもいいから食べさせよう。

3月30日（水）

白血球数　２４００／血色素量　７・０　／血小板数　２万２０００／ＬＤＨ　２５２５

今日も、昨日よりＬＤＨが下がっている！

先生も下がってくるだろうと、おっしゃっていた。白血病細胞が崩壊しているために数値が上がっていた。しかし明後日、5回目の抗がん剤が入るとまた数値が下がる。どうしたらいいのだろう……。初めて赤血球の輸血をした時、副作用には肝炎、エイズ、溶血反応、アレルギー、ジンマシン、発熱などがあると聞き、特に、エイズという言葉に不安でいっぱいになった。今は技術の向上により、年々安全性は高くなっているが、検査の網をくぐり抜けてくる病原体もある。危険性をゼロにすることはできない。まだ検査ができない病原体に感染する可能性もある。こんな説明を受けて、同意書に判を押させられたが、輸血しなければ命にかかわるし、１回でも輸血したらどんな病気がうつるか分からない恐怖もあったが、輸血することが当たり前になってしまった。１回やっちゃえばもう怖くない、と。やっぱり私の感覚がマヒしている。慣れは怖いとつくづく思った。血小板は毎日のように輸血しているし、赤血球も何度もしている。変な病気に感染していないことを祈るしかない。

4月1日（金）

白血球数　6000／**血色素量**　6・9／**血小板数**　8000

血小板がなんと8000しかなかった。1万を切るとかなり怖いと聞いていたから、すごく怖い。血小板の輸血をした。輸血をしたから、大丈夫だと言っていたけれど……すごく心配。貧血もかなりあるらしく、明日、赤血球と血小板の輸血をする。1日に二つ、2種類の輸血をするのは初めてだ。敏行に負担はないのだろうか？　貧血のせいでクラクラするし、息切れがして耳がモンモンするらしい。熱も38・4度もあるから抗生剤の点滴をした。熱があったが今日予定どおり、今回最後5回目の治療が終わった。今日から4月。発病から丸7カ月が過ぎ、8カ月目に入った。お父さんとお母さんが、絶対治してやるからね。お盆には絶対連れて帰る

仲間との送受信メール

☆「いつ頃退院できそう(˜o˜)？　早くみんなで集まって騒ぎたいじゃん(^_^)/♪　トッスィーいないと始まんないしさ(*^^)v」

★「まだよくわかんないけど十日後ぐらいかなあ？(^_^;)」

仲間との送受信メール

☆「おーい!!退院したぁ(˜o˜)？？」

★「まだ…後少しで退院するよ(˜o˜)」

☆「退院したら連絡しなさい(^_^)v」

★「ＯＫ♡ (^_^)v」

☆「頑張れよ〜(˜o˜)」

ぞ！　お母さんが絶対、なんとしてでも連れて帰るからね！　敏行はおいしいもの、好きなものをたくさん食べて、治すことだけに専念してください。

４月５日（火）がん細胞が抗がん剤に耐えている！

白血球数　１万５０００／血色素量　７・８／血小板数　２万８０００／ＬＤＨ　１万１３２７

看護師さんが「お母さん、事務の人が呼んでいるので行ってもらえませんか？」

「はい！　今行きます」。事務……もしかしてまた？

やっぱり先生からの呼び出しだった。検査の結果が悪かったのだろうか？　不安の中石黒先生から病状説明を聞いた。

　敏行のがん細胞が耐性（治療を続けていくうちに最初は有効であった抗がん剤が効かなくなってしまうこと）を起こしていて、今までの抗がん剤では効かなくなってきているから、明日から違う種類の抗がん剤を３日間使って治療する。血栓もできやすくなっていて、血管が詰まるのも怖い、ということだった。

「命にかかわることではないのか？」。お聞きしたら、頭の血管が切れることがとにかく心配で、細菌による感染、肺炎などが心配だとおっしゃっていた。昨日の白血球数が５６００だったのが、１日で１万増えて１万５０００になっていた。血小板も昨日輸血したのにあまり増えていない。ＬＤＨも1万を超えている……がん細胞が崩壊していたのではないのかもしれない。敏行もかなり辛そうだ。私の口からは辛くて言えないので、先生のほうから敏行に薬が効かなくなってきていることを言ってもらうことにした。敏行に話した後に、「俺大丈夫なん……?」とかなり心配していたが、「大丈夫!」としか言えない。できるだけそばにいてあげたい。何にもできないけどいてあげたい。敏行がどんな体調でも、移植は延ばせない。できれば早くしたいくらいだと先生はおっしゃっていた。とにかく移植までにがん細胞が減ることを願うしかない。敏行! お父さんもお母さんも付いているから。安心していいよ!

4月6日(水)　キツネみたいな顔に……

今日から使ったことのない抗がん剤を3日間する。今日はソリタＴ３+メイロンを24時間、デカドロンを1時間、パラプラチンを2時間、ラステットを2時間、イホマイドを2時間、そしてウロミテキサン(出血性膀胱炎予防を4時間ごとに静注)。必要に応じてグランかノイトロジンを投与する。１００円ショップで見かけるような、長方形のプラスチックでできているかごの中に、今日の分の治療の薬が山と積まれて、看護師さんが持ってきた。本当にビックリするくらいの量だ。これで効いてくれるといいのだが……。私は薬たちに、頼むよ！　と心で願いながら、一つひとつなでていた。「お母さん何してるん？」「薬たちにお願いしてた」「ガキじゃあるまいし……」「いいの！　お母さんはこんなことしかできないんだからやらせてよ」「……」

今朝、敏行の顔を見たらビックリした。目がくぼんで神経質になっていて、キツネみたいな顔になっていた。夜中じゅう鼻血が出て、3回止血剤を点滴しても出血が止まらず寝られなかったらしい。朝もまだ出血していた。血栓ができやすくなっているため、血液の流れを良くする注射を朝と晩2回しているから、なおさら止まりにくいのだそうだ。熱は下がっているみたいだから一安心。今日はお昼から律子の中学校の入学式があるため、気になって仕方なかったけれど、お父さんに12時～6時過ぎまで敏行に付いていてもらって、入学式に出た。出席できてよかった。

4月7日（木）今日から毎日血小板の輸血

白血球数　4400／**血色素量**　6・6／**血小板数**　1万8000

今日の治療は、パラプラチン2時間の抗がん剤がないだけで、あとは昨日と同じ。今日から毎日血小板の輸血と血液検査をすることになった。1日も目が離せない状態だ。外にも出られないため、透き通るような真っ白な肌だったのが、手首から先、とくに手の指がどす黒くなって爪の付け根も黒くなっている。抗がん剤の影響らしいが、きれいに消えるのだろうか？

4月9日（土）私の涙するところ、コインランドリー

今朝来たら、昨日息が切れて頭がスッキリしないと言っていたのにシャワーを浴びたらしく、貧血を起こして目の前が真っ暗になり、倒れる寸前にナースコールを押したと言っていた。倒れて頭をぶつけないでよかった。地下のコインランドリーでイスに座り、洗濯機に向かって泣いていたら、年配の方でたぶん付き添いの方だろうが「みな、ここで泣いていくんだよ。いっぱい泣いたら笑って病室戻りなさいね！」。泣いている私の背中をなでて言ってくれた。嬉しかった。

4月11日（月）

白血球数　４００／**血色素量**　６・４／**血小板数**　３万１０００／ＬＤＨ　１７４４

今日赤血球の輸血をした。呼吸が苦しそうだったのは、やっぱり貧血だったのだ。口内炎がかなりひどくなってきて、口の中が痛くてほとんど食べられないが、玉の冷や汗をかき「痛い！　痛い！」と言いながらも頑張って食べている。痛み止めのうがい薬、

仲間との送受信メール

☆「とU子チャン、加茂んち帰ってきてるωだほ(^_^)♪！？」

★「まだ病院だよ(T_T)　薬が合わなくて長引いてるんよ(>_<)」

☆「そなのか～近いぅちに顔合わせられるといぃね(*^_^*)♪」

☆「とぴ元気！？」

★「元気だよ(^_^)　愛は元気(?_?)」

☆「愛元気だよ(^^)v　今病院！？」

★「うん、まだ病院(-_-)」

☆「何号室！？　今度お見舞いに行きたいんだよね(^_-)」

★「部屋は西二病棟らよ(^_^)　てか来週あたり退院する(^^)v」

☆「本当に？　ぢゃそん時のほうがいいかな病院ゎ緊張するしなんか照れくさいしね(>_<)　でもママがお金くれたら手ぶらで行くよ(^^)笑」

★「退院したら今度こそメシおごれよ(^_-)　前約束したよね(^_^)　そんときにでもいっぱい話そう！　話したいことたくさんあるしさ(^^)v」

☆「オッケェ(^^)v　ちゃんと連絡してね♡」

もっと強い薬はないのか聞いてみよう。

4月12日（火）口内炎、食べられないいらだち

大分抗がん剤の影響が出ているらしく、口の粘膜が荒れて舌も腫れているため、口を開けるのも辛いようだ。お昼も「痛い痛い！」と全身冷や汗を流して、頑張って食べていたが貧乏ゆすりをし、ももを叩きながら「いて～もうダメだ～耐えられね～」とわめいていた。食べたいのに食べられないのは、かなりイライラするし辛いと思う。私たちが口の中に、小さな口内炎一つできただけでもかなりしみて痛いのに、敏行の場合は口の中全部に口内炎ができていて、それも粘膜がやられているため口の中がえぐれている状態だ。うがい薬にこれ以上麻酔薬を入れられないらしい。

今日牛乳の寒天を作って持っていったら、頑張って食べてくれた。明日は野菜をたっぷり入れたスープにしようかな。野菜は食べられなくても、スープを飲むだけでも野菜のエキスが出ているからいいと思う。とにかく食べられるものを何でもいいから食べてほしい。

今日は血小板の輸血をした。私が帰るまでに鼻血も止まらなかった。口は痛いし、食べたいのに食べられない、辛そうだ。見ていると可哀相で切なくなる。つい顔をじっと

見てしまう。辛いのはお母さんも一緒だから。今を乗り越えるしかないよ。

石黒先生が、ドナーの方は近畿地方の病院で骨髄を採取して、それを広瀬先生が頂きに行くとおっしゃっていた。飛行機になるらしいが、事故がなく、無事帰ってきてくれることだけを願うしかない。移植の話が確実に前に進んでいるからよかった。

４月13日（水）

白血球数　３００／**血色素量**　７・２／**血小板数**　２万５０００／ＬＤＨ　１１７０

口内炎がかなりひどく、２、３センチくらいしか口が開かず、ほほの内側や歯茎がえぐれ、舌も腫れて痛くて食べられない。舌を動かすこともできないようだ。話すことも痛くて辛いらしい。ゼリーの果汁もしみて食べられないため、栄養士さんと相談して、味がなくてトロトロで、かまずにすぐに飲み込めるようなものをお願いした。くず湯、卵豆腐、具なしのゆるめの茶碗蒸しなど……。栄養剤の点滴をしているからカロリーは大丈夫だと思うが。昨日から、おにぎり１個分のカロリーが取れるウイダーインゼリーを毎食２個飲んでいる。飲んでくれるだけで安心する。今、麻薬に近い痛み止めを使っているらしい。白血球が３００しかないからなのか、熱が少し出てきて心配だ。

4月16日（土）薬の副作用、呼吸困難、鼻から大出血

「もういやだ！　気が狂いそうだ‼」

（14、15日病院に泊まる）

14日の朝から出ていた鼻血は止まらず、口内炎は相変わらず治る気配がない。敏行はまったく話もしなくなった。舌が動かせないから仕方がない。六時頃、お父さんが来てくれて私と交代した。家に着いたとたん、お父さんから電話が来た。「敏行が、鼻血が止まらなくて心配だから、お母さんに来てもらってくれって言っている。泊まってくれ！」と言われ急いで病院に行ったら、石黒先生がずっと敏行についていてくれて、鼻血の処置が終わっていた。

ちょうど石黒先生が当直で、耳鼻科の先生がたまたまいらっしゃり、石黒先生が敏行を耳鼻科まで連れて行ってくれ、処置をしてもらってきた。圧迫するだけじゃ止まらない状態になって、大出血を起こしたようだ。たまたま石黒先生が、そしてたまたま耳鼻科の先生が……、二人ともいてくれて本当によかった！　もしどちらかがいなかったらと思うと怖い。偶然が重なって本当によかった！　鼻に苦い薬（止血剤）が付いているガーゼが四枚ずつビッシリ詰まっているから、息ができず半端じゃなく苦いし口が痛い。先生に「鼻のガーゼ取って！」と我がままを言ってなだめられていた。今まで我がまま

を言わなかったのに、かなり辛いのだと思う。

涙目で「もうやだ！　耐えられない、どうにかしてくれ！　気が狂いそうだ！」。蚊が鳴くような切ない声で訴えている。うつろな目をしてうつらうつら寝たり起きたりしている。かなり出血したから貧血がひどくて赤血球と血小板の輸血をした。15日の朝から鼻に詰めているガーゼの薬がのどに下がってくるらしく、苦い苦いと辛そうだ。口呼吸をしているから、口が渇いて、なおさら口内炎が痛いと言っている。朝、くず湯とウイダーインゼリー2個。昼、茶碗蒸しとウイダーインゼリー2個。夜ウイダーインゼリー2個だけを食べている。お父さんが「今日もどうなるか分からない状態だし、泊まったほうがいいから早めに家へ帰って、することとしてきたほうがいい」と言うので、付き添いを代わってもらって家に戻り、することを済まして六時頃お父さんに電話した。

「敏行が大変なことになっているから早く来たほうがいい！」と言われ、慌てて病院に向かった。七時頃病院に着いて急いで病室に向かった。病室の前で息をのんだ。心電図、さまざまな機械が置いてあった。一番ビックリしたのは気管挿管が用意されていた！　そのさまざまな機械を横目で見ながら病室に駆け込んだ。「敏行！　どうしたの!?　大丈夫？」

お父さんと石黒先生が敏行のそばにいた。先生から話を聞くと、薬の副作用で呼吸困難を起こし、息ができなくなって慌てて気管挿管を用意したが、使わなくて済んだらしい。

お父さんがずっとそばについていた。敏行は鼻から息ができず、苦しそうにあえぎ、呼吸が乱れ、止まりそうになり、苦しみもがき、お父さんを見る目が「何とかしてくれ！」と訴えているようだった。お父さんは何もできずただ見ているだけ、敏行の手を握ってやるだけで精いっぱいだったらしい。お父さんの前では気丈に振る舞って泣き言を言わず、苦しみに耐えていたそうだ。

舌、あごの神経がやられていて、自分の意思とは関係なく、あごにものすごい力が入って上下の歯をかみ締めるようになったり、勝手に口が開いて、自分では限界以上の開き方になったり、舌がもげてしまいそうなほど異常に前に出てきてあごに巻き付いたり……自分の意思とは関係なく限界以上の力が出るために、そのたびに相当痛いらしく、自分の足を叩いて訴えている。舌が勝手に前に出てくる状態の時にかみ締める症状が出ると、間違いなく舌をかみ切ってしまうから、小指くらいの大きさの、パイプのような形をしているゴム製の器具（息ができるように穴が開いている）をかませている。緊張が治まった時に、それを見たら硬いゴム製なのに、ぺちゃんこになるほど歯形がついていた。薬の副作用は本当に怖い。敏行の体が悲鳴をあげているのが聞こえてきそうだ。

薬の副作用なんかに負けてたまるか！

夜中私が寝ている時にまた、同じことが起きたら……と思うと、怖くて一睡もできなかった。どうなるかと思ったが、薬で寝てくれてトイレに2回起きただけだった。あの怖い症状が出なかったから、ひとまずよかった。

16日の朝から、口内炎が一段と悪くなった。左右の鼻にガーゼが4枚ずつビッシリ、鼻がパンパンになるほど詰まっているから口呼吸になるため、粘膜がえぐれているところが乾いて痛くてどうしようもない。仕方ないから、マスクの下にガーゼを1枚入れて乾きを防ごうとしたが、あまり効き目がないみたいだ。加湿器を口元に置きたい気分だ。そんな状態だから口に入れるのを怖がっているし、食欲もない。無理をしてでもウイダーインゼリーだけは飲んでいる。それだけでも安心する。敏行も、これさえ飲んでいれば大丈夫！　という安心感があるのかもしれない。先生が口内炎の痛み止めに麻薬のモルヒネをいつでもやめられる量から使うとおっしゃっていた。モルヒネの量を多くすると、やめた時に禁断症状が出るため、薬の量を除々

仲間との送受信メール

☆「最近どうら？　近いうちお見舞い行こうと思ってるけど大丈夫ら？」

★「今はきつくて無理っす(-_-)」

☆「そっか(-_-)　落ち着いたらメール下さい♪　頑張れよ(^^)/」

に減量していかなければならないから、すぐにはやめられない。敏行には、すぐにやめられる、ごく少量にする。でも麻薬……心配だ。

4月17日（日）俺と代わって！　今すぐ俺と代わって!!

今日敏行に泣かれた……。散々当たり散らした後、「お母さんごめんね。心配かけて……迷惑かけて……ごめんなさい。俺辛い……死にたくない。俺を見捨てないで……」

　そう言った後、声を出して泣いていた。私も泣いた。敏行の言いたいことも、辛い気持ちも、死が頭をよぎり不安で怖い気持ちもすごくよく分かる。この数日間で、立て続けにいろんなことがあったから、なおさらこたえたのだと思う。

「お母さんはいいね！　俺と代わって！　今すぐ俺と代わって!!」って言われた時は私もなんて言っていいか分からなくなった。「迷惑かけたなんて思ってないから、絶対お母さんとお父さんが治すから」としか言えなかった。代われるものなら代わってあげたい、今すぐに代わってあげたい。

「俺大丈夫なん？　死なねぇよね？」「大丈夫だから！　今、鼻血、口内炎、熱、副作用で最高に悪い時だから、あとは良くなる一方だよ！　心配いらないから！」

　よほど精神的にこたえているのだと思う。熱も39度台から下がらない。脇の傷のせいらしい。12月３日の手術からとうとう抜糸をしないままでいるから感染でもしているのだろうか？　口内炎で粘膜がやられているのに、口呼吸のせいで乾ききっている口の中で舌がとうとう切れてしまい、出血が止まらない！　私が帰る支度をしている時だったから「もう１日泊まろうか？」って言ったら「大丈夫だから今日は帰って！」って言われた。落ち着くのを待ってから帰った。

４月18日（月）またがん細胞が増えている！　まるでいたちごっこ……

白血球数　１万１２００／血色素量　７・１／血小板数　３万４０００／ＬＤＨ　２万２５６７

　敏行が寝ている間に売店へ行ってきた。売店の帰りにちょうど石黒先生に会ったら、

「高野さん！　今呼びに行こうと思っていたところでした。ちょっと話があるので……」

「先生またですか……？」「……」

　石黒先生の話で、またがん細胞が増えているから明日から３日間抗がん剤を始める、そのうち２日間キロサイド大量投与をする、と言われた。前回の抗がん剤の治療をしたのが４月６日、今日は４月18日。がん細胞が増えるまで12日しか持たない。ＬＤＨの値も前回の15日が９００くらいだったのが、３日で２万２０００にも増えている！　まるでいたちごっこだ……繰り返して、繰り返して……。何も食べられないのに敏行の体は

大丈夫なの？　抗がん剤で良い細胞までダメージを受けてしまう。移植するまでに体力は持つの？　見ているのが辛い。敏行には私の口からとても言えない。先生から直接言ってもらうことにした。先生が、敏行に明日からまた抗がん剤の治療が始まる、と話があった時、先生に、「どうしてなん？　おれ治るんだ？　死なねぇよね？」と先生に聞いていた。大分弱気になっている。この状態は長くは続かないから、今はジッと我慢の子でいよう！　絶対良くなるから！　大丈夫だよ！

　敏行は看護師の佐藤さんが来るとすごく安心するらしい。敏行の担当看護師さんで、敏行と同じ年の女のお子さんがいらっしゃって、やはり大学の看護科に進んでいる。今時の子供の気持ちがよく分かっていて、余計なことは言わないし敏行の気持ちをよく理解してくれている。私も何度か話をさせてもらったが、本当に親身になってくれる。とても優しい方で敏行を安心してお願いできる方だ。いい看護師さんに巡り合えてよかった！　なかなか体調がすぐれずお風呂に入れない時に、バケツにお湯をはって持ってきて足を洗ってくれたり、洗面器にお湯を張って手を洗ってくれたりした。その時の会話が「こうやって足洗うの何て言うか分かる？」「分かんねぇ～」「足浴《そくよく》っていうんだよ」「じゃあ、手を洗うのは？」、「……」、「手浴《しゅよく》！　テストに出るよ～」。足と手を洗ってもらうだけですごく気持ちが良くて、お風呂に入ったみたいなさっぱり感が味わえる！

と喜んでいた。仲間からまだ退院できないのか？　とメールが来るらしいから、私が代わりに近況報告をすることにした。一時退院はしばらくできないかもしれない。

ひろみさんと私の送受信メール

★「お願いがあるんだけど都武くんに敏行からの伝言を伝えてください。一日に予定通りの治療が終わって一度一時退院の予定だったんだけど、五日の検査でガン細胞が増えていることがわかり、六日から又違う種類の抗癌剤をすることになって無事終わったんだけど、今日の検査で又ガン細胞が増えていて明日から又違う種類の抗癌剤の治療が始まります。ガン細胞が薬に耐えている状態で効かなくなってきているらしいです。ガン細胞と薬の追いかけっこで、おまけに追い打ちをかけて口の中の口内炎がかなりすごくて舌が動かせないから話も出来ないし、食べる事も出来ないからかなり辛そう…今痛み止めにモルヒネ使っています。14日に鼻血がかなり出て圧迫するだけでは止まらない状態になって大変な思いをしました。15日には薬の副作用で呼吸困難を起こしてどうなるかと思ったけど危機を脱しました。気管挿管まで用意されていました。敏行は精神的にまいっているけど皆のメールや電話を待っているからしてあげて下さい。辛くてメールの返事が出来ないかもしれないけど気にしないでしてあげて下さい。敏行の力になってあげて下さい。なんとか一度家に帰れる事を祈っています。ダメでも面会が出来る時があると思うからその時は来てあげて下さい。心配だろうけど大丈夫だから、頑張っているから、心配しないでね！　以上近況報告まで…敏行の母より」

「ひろみさんへ　このメールは都武くんに言わないで下さい。今日先生から明日又、抗癌剤が始まる話があった時先生に『どうしてなん？　おれ治るんだ？死なないよね？』って泣いていた…昨日も『お母さんごめんね迷惑かけて…ごめんなさい。俺辛い…死にたくない…俺を見捨てないで…』って声だして泣いていた…二人して泣いていました。私も『敏行の辛い気持ちよくわかるから…迷惑かけたなんて思ってないから…絶対お母さんとお父さんが治すから！』としか言えなかった。精神的にまいっていてどうしていいかわからなくなっているみたい」
☆「都武もかなりショックを受けていた。『大丈夫なん？　呼吸困難なんてかなりヤバクない？』絶対大丈夫だよ！　携帯は今無理みたいだからメールしてあげてって言っといた…みんなが顔見に行きたいみたいだけど敏クンが『今は来ないで』って言ったみたいだから面会できるようになったら教えてね…」
★「さっき都武くんから携帯があって泣きそうだったって言っていたけど、かなり追い込まれているみたい。中ちゃんと坪谷君と広野君にも転送してほしいと敏行が言っていたのでお願いします。皆心配してメールくれるらしいので…」
☆「そんなに大変なことが起きていたんだ…私達はそぅいぅことを聞かされない限り病院にいれば心配なくて静かに移植の日を待っているものだと簡単に考えてしまうけど実際は日々いろんな突発的なことが起きて常に闘っているんだよね…そんなに簡単な病気じゃないってことはわかっているつもりなのについ元気な敏クンを想像してしまうんだよ…ゴメンね。由美子サンもあんまりムリしないで。でも側に付いていて安心させてあげてね！」
★「ありがとね。都武くんから携帯きたとき込み上げてきて思うように話せなかったから私に『メールして！』って言うからメールしたんだけど広野くんと中ちゃんから♡マーク一杯のメールが来たよ。大分弱気になってまいっているけど頑張っているから…私も誰かに言えるだけでも気が晴れるから…辛い思いさせてごめんね。移植まで乗り切ります」

4月19日（火）今日から抗がん剤の治療が始まる

ソリタT3＋アスコルビン酸7時間、デカドロン1時間、ラステット3時間、エンドキサン3時間を投与した。数日前から脇の傷口から脊髄液がしみ出してきており下着や病衣を濡らしてしまう。しっかり縫い合わせている傷口からもしみ出してきてしまう。ガーゼを厚くして傷口に当てていてもすぐにバシャバシャになり、1日に何回も取り換えている。脊髄液が流れ出ているのは脊髄にかなりの圧がかかりすぎているかららしい。ふさいでしまうと圧がかかって、頭痛や吐き気がして今よりもっと辛くなるから、背中の腰の辺りから脊髄液を外に出す管を入れた（尿の管を入れて袋がベッドの脇にぶら下がっているものを想像してもらうと分かりやすいと思う。敏行は持ってトイレに行けるように、点滴のスタンドの下のほうに袋を下げている）。今後、髄注は腰から出ている管を通じてできるので、脊髄液がしみ出していた脇腹に埋め込んであったカプセルが必要なくなった。そのためカプセルを抜いて縫合したが、かなりの出血をしている。7枚くらい重ねたガーゼがすぐに血で真っ赤になり、たれてくる。汚れを防ぐために大人用の紙オムツ（ギャザーがない真っ平らで大きめのパッドタイプ）を半分に切って傷口に当て、オムツに血を吸わせている。それを1日に何度も取り換えている。普通は、毎日造り出される脊髄液に対して、古い脊髄液は脳が吸収し脊髄液を一定の圧に保っているが、敏行の場合は毎日毎日新しい脊髄液ができるのに古い脊髄液を脳が吸収しないため、どんどん脊髄液がたまってしまう。そしてパンパンになって圧がかかり、わずかな傷口からでも脊髄液が流れ出てしまうらしい。そうなると激しい頭痛、吐き気に襲われる。モルヒネの影響なのか、病室にあるトイレに行くにもフラフラで、付いて行かないと倒れそうで心配だ。今、抗がん剤治療をしているのに、「いつから抗がん剤やるんだ～？」と錯覚を起こしている。

「俺死なないよね？　これ食べられなくても死なないよね？　こんなに髄液が出たら俺……死ぬんじゃねん……？」

「髄液は毎日造られて、古いのを外に流しているんだから大丈夫だよ!!」

脊髄液がどんどん袋にたまるのを見て、不安で不安で仕方がない様子だ。流動食のようなくず湯、ポタージュ、茶碗蒸し……それでも少しずつ食べられるようになっているからよかった。ウイダーインゼリーは欠かさず飲んでいる。もうろうとしているのが心配だ。

4月20日（水）

今日は、デカドロンを1時間、ラステット3時間、キロサイドN3時間を行った。昨日入れた管が夜中に抜けて大変だったらしい。今朝脳外科の吉田先生が診てくれたが、敏行がかなりひどく頭痛を訴えるため、管を入れ直した。昨日と今日、脊髄に針を刺す、あのものすごく痛い思いをまたしたのかと思ったら可哀想で……よく耐えて頑張っていると思う。けなげで、愛おしくさえ思える。

　昨日からの出血が止まらず、傷に当てているオムツがすごく血を吸っている。ゼリー状に固まるから流れ出てはこないが、ドッシリ重くなっている。これだけの出血のため、血小板と赤血球の輸血をした。モルヒネの影響なのか、全然意識がはっきりしなくて何回も同じことを聞いてくる。トイレもフラフラして危ないから「夜、泊まろか？」て言ったら「いい！」って言われた。強がらなくてもいいのに……モルヒネをやめると口の中の痛みが出てくるから敏行には苦痛になってしまう。いい方法はないだろうか？　敏行！　外出できるようになったら、先生がおいしいものを食べに行ってきてもいいって言ってくれたから頑張ろう!!　何日も食べられないで、ウイダーインゼリーだけだもんね。焼肉、ラーメン、たこ焼き……何でも好きなもの食べに行こう!!　敏行の生命力を信じるよ！

4月21日（木）――病院に泊まる 大量出血によるショック状態を起こす！

敏行から朝6時過ぎにメールが来た。「口から血が出た！」

ビックリして携帯にかけ直し「どうしたの⁉ いつから出ているの？」と聞いた。

「4時過ぎから出始めて止まらない……」。やっと聞き取れるくらいの声で力がなく、うわ言のように聞こえた。いても立ってもいられず、とにかくすぐに病院に向かった。向かっている途中敏行からメールで、「早めに耳鼻科行くから早く来て！」と送られてきた。「あと15分くらい待ってて！」。病院まで10分くらいのところで渋滞に巻き込まれ、敏行にメールをした。「今渋滞に巻き込まれたから、もう少しかかるけど心配しないで！ 大丈夫だからね！ 落ち着いて待ってて！」「マジ早く来て……もう疲れたマジきつい」「敏行！ お母さんすぐ行くから！ もうすぐ着くから！ 頑張って!!」

思うように進まず、ハンドルに八つ当たりして叩いていた。でも焦って私が事故ったら大変！ 落ち着いて……落ち着いて……自分に言い聞かせていた。なんとか八時半頃病院に着いた。急いで病室に向かい、敏行の顔を見るなり涙が出そうになった。四時過ぎから出血し、もうろうとしているのに起き上がっていて、止血剤の付いたガーゼを口の中に入れて押さえて止血をしている。もうろうとしているため、体が斜めになるのを必死に起こそうとしている。出血が始まってから寝ていないらしく、どんなに心細かったかと思うと切なくなる。不安で不安で、私に何度もメールをしてきた。これだけの出血だから、すごく心配で怖かったと思う。ベッドから転げ落ちなくてよかった。左手を口の中に入れて止血をし、右手で携帯を握り締めて助けを求めていた。携帯に血がついている……。敏行から携帯をとりあげ、涙を必死にこらえながら、携帯の血を夢中になって必死に拭いていた。所々乾いてすでに固まっていた。なぜ昨日家に帰ったのか、無理にでも泊まればよかった、と自分を責めた。自分に腹が立った。

早めに耳鼻科を受診するために、車イスで耳鼻科の外来へ行った。診察の途中、「眠い……」ともうろうとしながらつぶやく。「敏行！　敏行！　大丈夫？　寝ないで！　すぐ終わるから口開けて！」「マジ眠……い……」「敏行！　敏行！」

敏行の様子が変だったので、頭を抱きかかえ、敏行の顔を叩いて必死に叫んでいた。敏行の意識が遠のいていくようだった。先生も、「ちょっと様子が変だなぁ」とおっしゃる。敏行は全身、顔にも汗をびっしょりかいていた。同時に目が上を向いて白目を出し、腕もだらりと力が抜けて垂れ下がり、返事をしない。私もショックでどうしていいか分からなかった。先生も看護師さんたちも慌てていた。

「石黒先生すぐ呼んで！」

「頭下げて足高く上げて!!」

「お母さん廊下に出ててください！」

「そばにいさせてください！」、私は叫んだ。

石黒先生が外来に出ていたため、今井先生が駆けつけてきてくれた。出血によるショック状態を起こしたようだ。敏行の意識が戻ったのを確認してストレッチャーに乗せ急いで病室に戻った。病室では連絡を受けていたのか、心電図などさまざまな機械がセッティングされていた。セミクリーンの廊下で泣いている私に今井先生は、「お母さん。高野くんは今輸血を始めましたからもう大丈夫ですよ！　意識もしっかりしているからあとは落ち着くのを待つだけですよ。お母さん……体力のないお年寄りだったら危険だったかもしれませんね。体力と若さでショック状態に勝ったんですよ！　大丈夫！　高野君は乗り切りますよ！」

敏行はショック状態に勝ったんだ！　涙が止まらなかった。しばらくして敏行は大分落ち着いてきたが、起き上がることも口を拭くこともできなくなってしまった。お父さんが駆けつけてきてくれた。血の気のない顔をして、「敏行、大丈夫なんだな？」と聞いてきた。「うん。意識が戻ったから大丈夫だって。今日、私病院に泊まることにした」

それから敏行のほうを見て、目いっぱい叫んだ。

「敏行、頑張れ!!　気力だよ!!　強い精神力だよ!!　お母さんが付いているから!!　負けるな!!」

4月22日（金）――病院に泊まる

白血球数　１００／血色素量　４・１／血小板数　１万７０００／ＬＤＨ　６１７１

敏行はほとんど寝て過ごすようになってしまった。食べる時くらいしか起き上がらない。目の焦点が合っていないような感じで、もうろうとしている。おしっこも出にくくなっていて、出るまでにかなり時間がかかる。モルヒネのせいらしい。フラフラしながらずっと立って踏ん張っていると、心電図が「ピピピピ」と音を出す。看護師さんが飛んできて「高野くん！　どうした？　大丈夫？」「おしっこが出ね～！」「分かったから、とりあえず座って！　血圧が２００を超えているから、倒れたら大変だから座って！」「どうすればいいん？」「少し休んでからにしよう」

それでもどうしてもしたいらしく、看護師さんがいなくなると、また挑戦してピピピピ……と鳴らしている。おしっこをするのも一苦労だ。

今は味のないくず湯と薄味のポタージュくらいしか食べていない。体力的に限界が来るのではないだろうか？　精神的、体力的にだんだん落ちてきているのが分かる。

敏行に「本当に本当に大丈夫なの？　お母さんいたほうがいい？」と聞いても、「どっちでもいい……」との答えが返ってくるだけ。昨日までは「絶対ダメ！　一人がいい!!」って言い張っていたのに……。お父さんに付き添いを代わってもらって少しの間、家に戻っている時も、「お母さんは？　まだ来ねん？」と何度もお父さんに聞いていたらしい。そんな敏行がすごく愛おしい。弱気になっている。私もそばにいてあげたい。できる限り敏行のそばにいてあげるから、何にも心配しなくていいよ。早く元気になって、あんなに食べたがっていた焼き肉食べに行こう！　大丈夫だからね！

仲間との送受信メール

☆「またお見舞い行きたかったけど今度にするよ♪　とっすぃーの体調が良くなったらだから絶対元気になってね♡　とっすぃーの事信じてるよ！　お大事に！　後、無理ゎするなね！」
★「ありがとう！」
☆「最近どうら？　口内炎治って携帯できるようになったらしてくれ！！　やっぱメールよか電話の方がいいしね(^.^)♡」
★「ありがとう！　今まだ無理…」
☆「じゃあんま無理すんなね(^.^)またメールするっけ♪」

4月25日（月）——病院に泊まる

白血球数　0・0／血色素量　9・2／血小板数　2万／LDH　2399

今日は少し調子がいいみたいで、起き上がっている時間が少しだけ長かった。ご飯のときだけ起きるのとは全然違う。2、3日前にモルヒネをやめたから、薬が抜けてきているようだ。夜中にビッショリと汗をかいて、体を拭いて着替えさせたら37・4度まで熱が下がっていてホッとした。が、またすぐに熱が上がる。白血球がゼロ！　今までゼロになったことがなかったからビックリした！　きっと熱も下痢も、このゼロのせいなんだ！

仲間との送受信メール

☆「調子はどう？　病院だと毎日辛いよな(T_T)　話できるようになったら教えてよ！　久々に話したいさ♪　俺とトッスィーは中学からいつも一緒らったじゃん！　これからも変わらないしさo(^-^)o　早くよくなるようにがんばってな♡」

★「調子は全然よくならならない(T_T)　口がいたくて食べれないし喋れないんて(>_<)　白血球もとうとうゼロになってゲリとかつづいてる」

☆「そうなんだ(T_T)　マジ大変らな(+o+)　面会できるようになったら教えてな♪」

専門学校小薬先生と私の送受信メール

★「三月四日からずっと入院中です。前治療の放射線照射、大量抗癌剤投与が十日から始まります。こんな体力落とした状態で移植出来るのか心配と心細さで不安です。ベストの状態で移植出来るよう頑張ってます！」

☆「心配していました。敏行君の症状想像できます。辛い時期に入っていますね。ご本人もご家族も大変なことと察します。ただ、絶対に良くなりますから。夜明け前と同じように今は暗くて怖い状態ですが必ず夜明けは訪れます。敏行君の名前が出席簿に載っています。教室で敏行君の名前を時々呼んでいます。待っています。お母様の元気が敏行君の元気です。負けないでください」

★「ありがとうございます。先生が敏行の名前を呼んでくれている！　涙が出ました。嬉しいです。ありがたいです。敏行も友達からメールで元気をもらってます。今弱気になって、何も食べれない事も辛く精神的に参っているけど良くなる事を信じてます。ありがとうございました。又連絡させて頂きます」

4月28日（木）――病院に泊まる

熱が下がらないのは、敗血症でバイ菌が血液を回っているからだと言われた。白血球が増えれば大丈夫とのこと。安心した。朝起きたら、「左目の奥が押されるように痛い」と言うから眼科の先生に診てもらったが、出血もしていないので心配ないらしい。また何かあるのかとビクビクしていたがよかった。ちょっとどこかが痛いと言うと神経質になっているから過剰に反応してしまう。昨日も今日も、夜中に39度熱を出し、汗をビッショリかいて着替えさせると一時熱が下がるが、その後また上がる。それを何度も繰り返した。いつになったら熱が治まるのだろうか。口内炎は移植するまで治らないようだ。このまま何も食べられないのだろうか？

5月2日（日）――病院に泊まる　またがん細胞が増えている！

白血球数　２０００／血色素量　10．４／血小板数　２万１０００／ＬＤＨ　２７０２

今日、看護師さんに呼ばれ、石黒先生からの説明を受けた。またがん細胞が増えてきているから、１種類の抗がん剤を２日間するという。前回から２週間目だ。３日前は１０００だった白血球が、いきなり２０００になっている。治療も今回で最後になってほしい。先生は今まで肺炎にならなかったことがよかったとおっしゃっていた。もし今肺炎

ひろみさんと私の送受信メール

★「律子が試合とかで弁当がいる時、自分で作っていったけど可哀想な事してるなぁって、今いたたまれない気持ちなんだ。敏行も十七日の移植まで二週間になりカウントダウンです。一週間後には放射線照射が始まり、四日間して最終日の十三日に無菌室入室して十四日大量抗癌剤投与して、十七日の移植に臨むんだけど、口内炎が治らなくて全く食べれず体力落としてるのに、吐き気とか耐えられる力が残ってるのか心配です。軽い敗血症起こして何日も熱が下がらず、肺炎起こしたら致命的だって言われた…どうしよう…昨日の検査でまたがん細胞増えてて今日から抗癌剤の治療を始めた。先回の治療から二週間。二週間しかもたない…薬漬けでだんだん体力を落とし沈んでいるのを見てて辛い…先生が一度外泊させるつもりだったけど、こんな調子だから家には帰れずあれだけ『焼肉が食いたい！』って言ってたのもこの口内炎じゃムリで、一カ月食べれず家にも帰れず移植に臨みます。ごめんねこんな話で」

☆「そろそろ移植の日が近付いて来たなぁって気にはなってたんだ…口内炎も治ってないみたいだし連絡ないからたぶん大変なんだろうとは思ってた…口から物を食べれないってのはホント辛いだろうし少しでも体力つけて移植手術に臨みたいのにそれもままならなくて敏クンも気持ち的に落ちてるだろうけど、ここまで来たらもぅ絶対治すんだといぅ気力と固い意思と根性で臨むしかないからどんなことにも負けないで乗りきって欲しい！　都武達も敏クンなら頑張れるって信じてるし元気になる敏クンをいつまでも待ってるから♡　焦らなくていいから♡」

★「ありがとう。私も敏行には『負けてたまるか！って、強い気持ちで臨まないとダメだよ！　気力で乗り切るしかない！』って言ってる。とにかく敏行の生命力を信じます！　十七日に敏行の“命”の骨髄が届くのが午後八時頃で、処理して移植するのが午後九時頃から十一時頃までだから祈っててください。追伸・都武くんに敏行が家に帰れない事を言っておいてほしいって事なんで宜しく伝えてください。本当ありがとね」

になったら致命的らしい。

出血に対してかなり注意をしていたのに、一昨日少し強めに鼻をかんだら鼻血を出してしまった。そこで耳鼻科の先生にガーゼを詰めてもらったのだが、昨日また、今度は反対側の鼻から出血をしてしまった。2時間くらい圧迫をしていたらなんとか止まった。一昨日詰めたガーゼを敏行の希望で取ってもらったら、まだ止まっていなくてまた詰められた。

敏行！　強気で目の前のものから一つひとつクリアしていこう！　敏行の生命力を信じるよ！　弱気になると敵に負けるよ！　頑張ろう!!

5月6日（金）——病院に泊まる　1カ月ぶりに固形物を食べた！

今日、胸にカテーテルを入れて、夕方五時から放射線治療の練習を1時間した。敏行は疲れたらしく、早めに寝た。カテーテルを入れたところから少し血がにじんだけれど、大量に出血しなかったのでよかった。血小板が2万しかないから、少しの傷でも出血が止まらなくなるのが怖いが、昨日多めに血小板輸血をしたから大丈夫だろう。五分がゆくらいの、ゆるめのおかゆを、麻酔のうがいをしながらだけど食べた！

「おいしい？」「当たり前じゃん！」

1カ月ぶりの固形物だったから、おいしかったらしい。ウイダーインゼリーは飲みすぎて見るのも嫌になるかもね。少しずつでも食べられると安心する。血圧が150もあったから、鼻血が出ないか心配している。トイレに行って力んで鼻血が出たら、と思うと怖くてトイレにも行けない。血を出さないのが一番だから、そのくらい用心したほうがいいのかもしれない。

5月8日（日）——病院に泊まる

心配していたとおり、カテーテルを入れたところからかなり出血して流れ出てくる。ガーゼを何回も取り換えている。胸から肩にかけて紙オムツで血を吸わせている。前と同じだ。熱もなかなか下がらない。下がっても薬が効いている数時間しか持たず、切れるとまた上がってくる。何の熱なんだろう？　移植のために明日7階に移動だけど、今のところが居心地がよかったし、看護師さんと長い付き合いになったから離れるのが不安だ。

中学の恩師との送受信メール

☆「ひさしぶり自分を信じて頑張って!(^^)!」

★「移植終わるまで家に帰れません(>_<) 口内炎もひどくて何も食べれなくて点滴で栄養補給してます。七キロ減った(-_-)　移植まであと九日なのでがんばります(^^)v」

☆「がんばろうな!(^^)!　みんな応援してるよ」

5月9日（日）――病院に泊まる

今日移植病棟の7階に移ってきた。午前中にCTを撮ってから移動をし、脊髄液を取って髄注したので忙しかった。唇とあごがマヒしてしびれていて、触っても感覚がないと言っているが、麻酔入りのうがい薬のせいだろうか？　何か起こる前触れ？　心配だ。

カテーテルからの出血もなかなか止まらない。血小板が2万弱だった。昨日、血小板輸血をしたのにどうして増えないんだろう？　明日からいよいよ放射線だ。敢行、頑張れ！

5月10日（火）――病院に泊まる　また顔が動かない！　俺もういやだ!!

いよいよ今日から放射線照射が始まった。

それなのに昼過ぎから、前回と反対側の左の顔面マヒが起きた！　昼ごろマヒする兆候があったのか、数分ごとに一瞬顔が動かなくなるが、またすぐ動く、の繰り返しを何度もしている。

「放射線の時、眠らされている間に絶対に顔が動かなくなる！　寝るのが怖い……」

仲間からの頑張れメール

★「最近具合どう？　口内炎は少しはよくなった？　みんなもマジでトッスィーのこと待ってるっけ無理しないで焦らずにガンバレ!(^^)!」

と敏行が言っていたのが、本当にそうなってしまった！　遅かれ早かれマヒは起きていたのかもしれない。放射線もかなりきつかったらしいが、顔のショックのほうが大きい。もっともだと思う。石黒先生に車イスを押されて病室に戻ってきた時、「やっぱり顔が動かなくなった……」とボソッと言った。私も切ないし辛い。どうして神様は耐えがたい試練を敏行に与えるんだろう？　敏行が何を悪いことしたっていうの？　どこまで敏行を辛い目に合わせたら気が済むの？　敏行と代わってあげたい……こんな目にあわせている神様に祈るしかないのに、私は誰にすがればいいんだろう？　神様なんて信じない！　何も信じない！　お母さんが敏行を助けるから！　絶対助けるから！

一つ救われたのは、前は「なんでなん！　なんで動かねんだ!!」って言っていたのが、「仕方ねっけ。俺、前向きに考える……」って言ってくれた言葉。すごく嬉しかった！

そうだよ、敏行！　前向きに頑張ろう!!

5月12日（木）――病院に泊まる　頭にも放射線をかけた！

今日も無事、放射線治療が終わったが、夕方の照射の時に頭にも放射線をかけた！　それまでは頭だけは放射線がかからないようにカバーをしていたが、そのカバーをはずしてかけたのだ。全身の血液を巡ってがん細胞が動いているから、たまたまがん細胞が頭に潜んでいて放射線がかからないこともありえるかららしいが……そのために4日間も時間をずらして6回もかけるのに、脳はダメージを受けないのだろうか？　明日の照射でもかけるらしい。大丈夫なの？　すごく心配だ。照射すると食欲がなくなるって聞いていたが、食べられていたので安心した。明日朝の照射1回で終わりになるが、終わったらいよいよ無菌室入室だ。なんとか移植まで持ってこられたから本当によかった！

加茂高校の担任の桑野先生から電話をもらった。すごく心配していただいている。ありがたい。敏行、みんなが心配してくれているよ！　敏行を応援しているよ！　強い精神力で頑張ってほしい。まだ18歳！　乗りきれるよ。

5月13日（金）——今日から実家に泊まる　いよいよ無菌室入室

白血球数　200／**血色素量**　5・1／**血小板数**　1万9000

無事最後の放射線照射が終わって、午前中に無菌室に移動した。想像以上にこぢんまりとした小さな部屋だった。入室できるのは親が一人だけで夫婦そろっては入れない。一人が部屋に入ると、もう一人はガラス越しになる。私は朝から消灯まで敏行のそばにいられるからすごく嬉しい。聞いた話だと、無菌室には親も絶対ダメ！　という病院もあるらしいが、がんセンターはずっといられる。今までずっとそばにいたが、肝心な時にいてやれなかったらどうしようかと思っていた。なので、こうしてそばにいられてホントによかった。

無菌室には泊まれないから、実家にしばらくお世話になることにした。無菌室に入るには専用の白衣に着替えて手洗い、うがい、マスクをして、薄いゴムの手袋をしないと入ることができない。なので、ちょっと面倒だがなんとか過ごせそうだ。歩いて2、3歩のところにトイレがあるのだが、歩いて行くのがしんどそうで、便をすると体力を使い果たしてフラフラして倒れそうになっている。だが気持ちが悪くなることもなくて、今のところ体調はいいみたいだ。「夜おしっこが1時間おきだから寝れない」と言っているのにそばにいてやれないのが辛い……。

五月十四日（土）骨髄破壊！　最後の治療「大量抗がん剤投与」

朝と夜の大量抗がん剤投与（アルケラン）が終わってすべての「前治療」が終わり、がん細胞もろとも骨髄を破壊した。敏行の骨髄は自分で血液は造れない。聞いた話では通常の5倍も強い抗がん剤らしいが、これも気持ち悪くなることも、吐くこともなく無事終わった。下痢と熱が出ているのが気になるが……。

放射線も抗がん剤もこんなにケロッと終わって薬が効いているのだろうか？　みんな

「前治療」が終わると、グッタリしているそうだが……敏行の体力が残っていると信じたい。

仲間との送受信メール

☆「凄いことがある！　聞きたい？　今年ゎ平成17年♪　としの誕生日ゎ7月17日♪　なつの誕生日ゎ6月17日♪　としが移植する日ゎ5月17日♪　としのアドに17入ってるでしょ！　これって…凄いと思いませんかぁ～！　凄いでしょ！！　ミラクルでしょ！　今、無菌室なの？」

★「スゴイね♡　無菌室はいったよ！　あと移植まで3日！　すごく恐い…」

☆「そっか♡　手紙書いても、とっすの部屋にゎ届かないかな？」

★「手紙も消毒しないといけないから、もし手紙くれるならオレんちのポストの中に入れといてくれる？　そうすれば親が届けてくれるから(^.^)　無菌室は何でも消毒しなといけないから大変なんよ」

☆「そーなのかぁ!!　勉強になッタゼェ(^_-)　最近メール好きぢゃナィんて！　なンカみんな同じでャダなぁッテで、手紙を度々書いたりしてるんて。ちゃんと食べられる？」

★「今日ハーゲンダッツ食べられた！　凄いでしょ(^.^)　けど最近白血球が0だから下痢がひどいんだよ　0にならないと移植しても再発するんだよ(T_T)」

☆「ハーゲンダッツ高いからいらね！　トルコ風アィスの方がとっすぃ～も、おいっすぃ～ッテ♡　白血球15万もあったのに、0になったの！？　じゃあそれッテ…いぃ感じってコトっすかァァ！？」

★「そうだよ(^.^)　そのかわり自分で血が造れないから毎日輸血！　移植してから5年たてばもう完治なんだって！　だからタバコもすわない！　けど普通に生活していんだって！　オレがんばるからさ！」

☆「ぁのねぇ～願いが叶うことッテゅぅのゎ、がんばった人に神様が架けてくれる橋なんだッテ　としも橋を架けてもらえるって！」

★「ついに今無菌室なんけど面会できることになった！　明日かあさってだからそれまでにこれたら見舞いきて、オレこれから辛い治療があるからそれまでみんなに会いたいんて、治療恐いです！　今口内炎も少しよくなったからちょっと喋れるようになった♪　喋るとき電話だけどね！　P・Sみんなにもいっといて。ちなみに一度に入れる人数は2、3人ね」

☆「了解!!♪　(^.^)　マジ応援行くからな!!(^^)v♡　お見舞いぜっていくわ待っててね♡」

★「ありがとう！　あと3日で移植なんすけど、移植したあとが大変なんて、拒絶反応もあるし、げろも吐くし下痢とか口内炎がすごくて、食べられなくなったりするらしい…骨髄を破壊したから、血がつくれなくて毎日輸血してる…それを乗り越えれば治る！　今かなりきついけど頑張ってます!!　てかかなり恐いんすけど…体重も7キロやせた…」

☆「マジで！！　成功するように頑張って」

☆「トシ頑張ってね!!!!　あい応援してるからいい報告を待ってるよ♡」

☆「移植するのゎしってたけど、そんな大変なことしてたんかぁ(>_<)　マジとっすぃ～いないとダメらっけ早く戻って来てくれ!!　ちゃんと食べれるようになったら好きな物何でも作ってやる(^^)v」

☆「辛いと思うヶド頑張って!!!!　トッシーなら絶対大丈夫だカラ！　元気になったら必ず顔見に行くし絶対旅行行ったりしょぅね応援シテるカラね!!!　(^^)!　頑張れトッシー！☆彡」

5月15日（日）俺、勇気が出た！

お菓子も食べられるようになり、真剣に食べている。気持ち悪くないの？　治療が効いているのだろうか？　今日念願の面会を許され、ケイくん、トムくん、チュウちゃんがお菓子を持ってきてくれて、ガラス越しで電話での会話だけれど面会ができた！　1時間近く話をしていた。移植前に仲間に会えて本当によかった！　敏行が、「俺、勇気が出た！」って言っていたのがすごく嬉しかった。

5月16日（月）敏行の〝命〟の骨髄を頂きに行く

白血球数　0／血色素量　7・2／血小板数　1万5000

専門学校の小薬先生が身代わりのお守りを持ってきてくれたので、敏行に面会してもらった。すごく嬉しかった。1度も通っていない専門学校の先生がここまでしてくれると思わなかった。敏行も、「チョーいい先生だぁ～！」と感激していた。感謝の気持ちでいっぱいだ。

とうとう白血球が0になった！　安心した。そのため熱が出ると下がりにくくなってきている。尿検査も骨髄検査も異常はなかった。今日、広瀬先生がドナーさんの所へ敏行の〝命〟の骨髄を頂きに行ってくれた。明日の夕方戻ってくるらしい。無事戻ってきてほしい。ドナーの方に何かあったらどうしよう？　広瀬先生が事故にあったらどうしよう？　手元に届くまですごく心配で不安だ。敏行の〝命〟を無事に運んできてください！　敏行！　とにかく明日頑張って乗りきろう！　闘いはそれからだよ!!

ひろみさんと私の送受信メール

★「明日です。やっとだよ～心配してた感染も無く放射線の影響も、抗癌剤の影響も軽くすんでるし無事明日を迎えられそうです。長かったけど先が見えて来ました(^.^)　移植はともかく移植後がどうなるか不安だけど一生懸命支えます！　夕方先生が骨髄を取りに行きました。明日採取したらすぐに持って帰ってくるそうです。午後6時半～8時に時間変更になりました。追伸　昨日は都武くん達、元気づけに来てくれてありがとね。『勇気が出た!!』って言ってた。仲間は有り難いです♡」

☆「ホントにいよいよだね…最初に話聞いた時から8カ月半…長かったね…一時退院して仲間と遊んだり学校行ったり専門学校の面接受けたり卒業式にも出れて、他人の私達は病気のことなんてつい忘れてしまいそうになったけど、敏クン本人と由美子サン達家族は常に闘っていたわけですごく長かったよね…だけど無事明日の移植の日を迎えられそうでホッとしてます(^.^)　怖いだろうけど不安だろうけどこれを乗り越えないと先に進めないから、みんなが敏クンが元気になるの待ってるからとにかく頑張って欲しいです！　遠くからだけど祈ってるから♡」

5月17日（火）敏行第2の〝誕生日〟、生まれ変わった日

とうとう移植の日が来た！　広瀬先生が戻ってくるまで落ち着かなかったが、無事帰ってきてくれてホッとした。広瀬先生ありがとうございました。ご苦労さまでした。胸のカテーテルから点滴のように移植した。1リットル頂いた骨髄が不純物を取り除いたりしたら少し減ったが、177センチある体の大きな敏行にも十分な量で、脂肪も少なくすごくきれいな骨髄だとおっしゃっていた。2時間弱かけて移植した。脊髄液は透明だが、薄くきれいな赤色だった。お父さんと交代しながら移植を見守った。

なんとかやっと、ここまで来ることができた。今まで何だかんだと辛い思いをしてきたけれど、ここまで来られたのは〝奇跡〟だと石黒先生がおっしゃっていた。運も良かったらしい。「肺や口の中にカビが生えたりしていたかもしれない」と言われたが、とにかく安心した。ほかの先生方もすごく心配していたとのことだし、西2病棟の看護師さんたちもすごく心配してくれていた。敏行に仲間からたくさんの頑張れメールが来ていた。ありがたい。そしてドナーの方には本当に感謝の気持ちでいっぱいだ。ドナーの方も今日一日絶対安静らしい。痛い思いをさせてごめんなさい。敏行はあなたの骨髄で元気に生まれ変わります！　今日を敏行の第2の誕生日にしよう。明日からどうなるのかまったく分からないが、乗りきるしかない！　今までは先の見えない辛い治療だった

けれど、明日からは治るためだから、敏行なら大丈夫だよ。敏行！　お母さんと頑張ろう！

移植に向けての仲間からの応援メール

☆「かた苦しいこと言えないけど、早く良くなって戻ってこい!!　とっすぃ～なら手術乗り越えられるって(^.^)　ずっと祈ってる！　またどっか遊び行こうぜ」

☆「ぃょ②移植の日だね！　トッシーが入院してカラゎ辛い事イッパィ⑳あって体力的にも精神的にもキッィと思うヶド移植頑張って乗り越えられれば元気になッテ皆とも遊べるョーになるネッ私ゎトッシーが無事移植を終えて元気に会えるの楽しみにシテるょ(^.^)他の皆だってソー思ってる☀　何もかも初めての事でスッゴィ不安で怖いと思うヶド、トッシーの仲間が皆っぃてるカラ頑張ってね!!　トッシーだったら絶対大丈夫だカラ!!　私ゎズット応援シテるカラね頑張れトッシー」

☆「いよいよ今日手術の日らね…本当に今不安だと思うけどトッスイーなら絶対大丈夫だから自信持ってくれ！　もうホント応援することくらいしかできないけどマジ頑張って！　そしてまた面会できることになったらソッコーでいくわ(^.^)　トッスイーガンバレ!!」

☆「今日がんばってこいよ(^O^)　そんで早く退院してまた遊ぼうな(^_-)」

☆「コワイし不安だと思うケドとっすぃーなら負けずに頑張れるよ!!　ウチら若中のミンナも一日も早い復帰を願ってるんだから♡　退院して帰って来たら騒いだりどっか行ったりしようね♪　今日本当コワさに負けずにウチらが居る事忘れナィで立ち向かってってね!!」

☆「落ちこんでるんかぁ？？　がらじゃねぇぞ(˘o˘)とっすぃ～困難はそれを乗り越えられる人にだけやって来るんだよ！！　とっすぃ～は乗り越えられるから選ばれたんだって！！　今辛かった分、あとで楽しい事いっぱいあるよ(^_-)　幸せになれる前兆らな♪　夏休み旅行に行ったり飲みしたりしよって(˘o˘)　まぢ今んとこそれが唯一の楽しみらっけさ!!　幹事頼むよ」

☆「おう(>_<)　行ってこい(^O^)/　がんばればいいよ！　がんばるのは難しくないよ(˘o˘)」

☆「メールじゃあんまり伝わらないかもしれないけど俺にはがんばって!!　って言う事と神に祈る事しかできねんて(>_<)　今まで海とかたくさん修羅場くぐって来たじゃん!!　今回もきっと大丈夫！　退院する頃には俺はギターうまくなるからまたバンドやろー♪　俺の寿命五年分くれるぐらいの気持ちで祈ってるから!!　がんばって!!　とっすぃーは乗り越えて行ける男らよ！　信じてます。ほんとに恐いと思うけどがんばれ!!　きっと体験する人にしかわからない事かもしれないけどみんなが応援する気持ちに他人事なんて気持ちはないよ!!　みんなほんとに心配してるし祈ってます。絶対大丈夫!!　夏に会いましょう(^^)/　ファイト!!闘病!!」

☆「今日いよいよ手術らな！みんなトッスィーが早くよくなること願ってるっけさ(^_-)　だっけ手術がんばれよ！　退院したらいつでも遊べるっけさ(˜o˜)　いつになっても俺とトッスィーは親友らっけな♡♡　応援してるよ!!」

☆「いよいよ移植すね。実際ほんとにこわいと思う。けど勇気だして移植うけてもらいたいんだ！　そんで１日でもはやく退院して欲しいって思ってるよ！　俺は心から応援してるし、無事に移植が終わること祈ってるっけ！！　ガンバレ！　ホント心の底から応援してるよ！」

☆「とっしぃには、みんながついてるよ!!　若宮はずっと一心同体ッッ笑〃　ずっと②一緒らよ☆彡　また海とかカラオケとか②遊びまくろぉ(^O^)　海と言えばあれが思い出らわ。めっちゃ、怖かったけど今は思い出☆彡　でも②どれも全部やっぱ、とっしぃがいねぇと始まんねぇって！　ちょっと遠いけど願ってるから」

☆「としっ！　負けないでね!!　もぅ少しだょ!!　最後まで走り抜けてぇー!!　オレがんばるからね！　ッテ言葉、信じてマース(^_-)　なつも、みんなも、とし大好きだからねぇ♡　コレ忘れないょぅに　※重要です。」

★「今移植してる…移植がんばるしかないって！　マジありがとう！　オレがんばるっけ!!」

☆「頑張ってくれよ～(>_<)♡」

☆「親から聞いたんけど移植無事成功したんだってね！　ホントおめでとう(T_T)　とりあえず一番重要なことはおわったね！　今は無理しないでゆっくり休んでくれ(^.^)　マジでご苦労」

5月18日（水）

白血球数　100／血色素量　9・1／血小板数　7000

今日いつもより少し遅く病院に着いたら、「遅い！　6時からずっと待ってたのに！」とイライラして怒っていた。今日に限って、病院に着いたのが7時を過ぎていた。すごく不安な気持ちが伝わってきた。明日は約束どおり6時半～7時の間に行くから待っててね。今日は心配させて、不安にさせてごめんね。やっぱり例外にもれず下痢、熱、残尿感が辛そうだ。とくにトイレが1時間もしないうちに行きたくなるらしい。下痢には紙オムツを用意したが、まだ使わなくて済みそうだ。吐き気は今のところ大丈夫！　このまま済んでほしい。みなに「無事終わってよかったね！　これから頑張ってね！」と言われる。ありがとう！　敏行は体重が7キロも減った。1日で2キロ減ったこともある。筋肉がなくなり脂肪に変わっている。精神力で頑張ろう！　負けるな!!

5月22日（日）

とうとうドナーの白血球が0になった！　石黒先生の話だと、ドナーの白血球が5日も生きているのはあまりなく、まれなことらしい。これから自分で血を造れるようになるまで、今まで以上に辛くなると思う。今日は熱が39・8度まで出て、解熱剤で下げてもまたすぐ熱が出て……解熱剤を使うことを3回繰り返した。落ち着いてくれるといいが。のどが痛くてほとんどものが食べられず、モルヒネの量を増やしたので、意識がもうろうとしている。あと、10日くらい頑張ろう！　お母さんも力になるから！　負けるな!!

5月23日（月）食事にストップがかかる

今日とうとう何も食べられなくなった。3食ヨーグルトとくず湯なのに2口くらいで精いっぱいだ。食事がストップになった。これも通らなければいけない道なのかな？これ以上悪くならなければいいが。自分の体を守るもの（白血球）が何もないわけだから辛いと思う。舌が動かないから話もまたできなくなった。一生懸命話すのだけれど、私が聞き取れない……聞き返すと怒ってイライラしている。ゴメンね。しっかり聞き取ってあげないと!!

5月24日（火）今日を生きるための輸血

白血球数　0血色素量　8・2／血小板数　1万3000

今日で移植から1週間がたった。症状は口内炎によるのどのあれ、下痢、熱。一番心配した吐き気がないだけよかった。40度近い熱を解熱剤で下げても、38度台から下がらず、薬が切れるとまたすぐ上がる。熱で体力を消耗している。まったく食べられず話もできず……。ついこの間も乗り越えてきたんだから、敏行は大丈夫だよ！　血小板を毎日輸血。今日……今を生きるために輸血をしているようなものだ。赤血球も昨日と今日輸血した。

5月26日（木）すごく強い精神力

なかなか熱が下がらず、かなりダルそうにしている。何日続いているだろうか？　体が小刻みに震えている。食べることもできず、かなり辛いと思う。3月3日から隔離された部屋で、外の空気も吸えずにいる。私だったらどうなるだろうか？　敏行は本当に愚痴も言わず我がままも言わず、取り乱すこともなく常に冷静で、自分の置かれている状況を素直に受け入れて治すことだけに集中している。本当にえらいと思う。すごく強い精神力だと思う。私にはまねできないと思う。私はきっとみんなに当たり散らしているだろう。

とにかく時間が解決してくれると思う。その時を静かに待とう！

5月27日（金）出血によるトラウマ？

今朝も熱が39・1度出ていて、解熱剤で36・9度まで下げ、なんとか落ち着いてきた。石黒先生の話だと、「昨日より10増えていて生着《せいちゃく》したかもしれません。31日で2週間目になるから骨髄検査をして、ドナー骨髄液の数値が増えていたら間違いなく生着です」とおっしゃっていた。成功！　になる。普通より4、5日早いらしい。「早すぎて間違いかもしれないが、たぶん大丈夫だろう」ということだ。

また8時頃、鼻血が出て、耳鼻科の先生に診てもらった。「お願いだからガーゼ詰めないで！」「イヤダ！　ヤダ！　絶対ヤダ！」とパニックになって体がガタガタ震えていた。「ヤダ……ヤダ……ヤダ……」と小さな声で震えながら言っていた。私も「大丈夫だから！　落ちついて！」と敏行を抱きかかえ背中をなでてやることしかできなかった。出血による恐怖を味わって、血におびえていたからなおさらあせったのだと思う。耳鼻科の先生と石黒先生がなだめ、なんとかガーゼを詰めてもらった。トラウマになるとよくないから、少しだけ詰めておいたとおっしゃっていた。敏行が恐怖で震える姿を見ていたら切なくて、切なくて……。何にもできない自分に腹を立てて。私って本当に無力だ。

5月28日（土）

白血球数　１００／**血色素量**　７・６／**血小板数**　１万３０００

今日も熱が38・６度から下がらない。無菌室の看護師さんのデスクの上のカレンダーに、「高野くん勉強会」と書いてあった。そんなに敏行は悪いの？　移植する人みなそれぞれの勉強会があるのだろうか？　熱が下がらないためレントゲンを撮ったが、肺は大丈夫だった。生着したことによる熱かもしれないらしい。足のむくみがものすごい！　足首がなくなっていて、ふくらはぎと同じ太さになっている！　利尿剤を使ってもまったくおしっこが出ない。大丈夫なのだろうか？　心配だ。

5月30日（月）早期生着症候群

今朝も病室に着いたら、40・２度熱を出していた。石黒先生が早期生着症候群かもしれないとおっしゃっていた。早く生着すると熱が出て、どこかにダメージを受けるらしい。肺にもまだらな赤みが出るが、そうなると呼吸がしづらくなるからすぐ分かるそうだ。念のためにレントゲンを撮ったが、肺は異常なかった。早いことは悪いことではないらしい。熱を抑えるためにまた点滴が増えた。

むくみのせいで、体重が毎日確実に増えている。体に水分がたまっている状態で、血圧を上げる点滴をするとおしっこが出やすいそうだが、最近ずっと１８０前後まで血圧が上がっているから、血圧を下げる薬を飲みつつ、上げる点滴を使うことを考えているらしい。そんなことをして敏行の体に負担はないのだろうか？

血糖値も３３０、普通80～１００なのに4倍以上だ！　インシュリンの量もかなり増えてきている。のどが大分楽になって少しは食べられるようになってきたのに、今度は熱に苦しんでいる。一つクリアするとまた一つ難関が出てくる。まだまだいろんなことが出てきそうだが、受け止めて焦らないで頑張るしかない。敏行がこんなに頑張っているのに、もっと頑張れなんて言えない。口に出して言えないが、敏行、頑張れ！　頑張れ！　頑張れ！

5月31日（火）生着、移植成功！

敏行おめでとう！　骨髄検査をしたら、生着していることが確認された。すごく嬉しかった。

昨日よりも足のむくみがすごい！　足の甲の高さが10センチもありそうだ。こんなひどいむくみ方は初めて見る。ほとんど食べていないのに体重が1日2キロ増えている。体に水分がたまっている状態なのに利尿剤はまったく効かないから、昨日言っていた血圧を下げる薬を飲みながら、血圧を上げる点滴を始めた。敏行の体は大丈夫なのか、すごく心配だ。

抗がん剤の影響で手のしびれがまだ残っている。爪の付け根も黒く変色している。手首から爪の先までどす黒くなっている。点滴の数も増える一方で、点滴を吊るすスタンドを3つ使って10個くらいぶら下がっている。これだけの薬を使っていたら副作用が出るのも当たり前だ。骨髄は順調に増えてきているから、あとは敏行の体の回復を待つばかりだ。でも今日は本当によかった！　成功！　生着して安心した。

ひろみさんと私の送受信メール

★「移植から二週間たって骨髄の検査したんだけど無事生着が確認されました！　成功です。まずは第一段階クリア。血糖値３３０、血圧１９０、おしっこが全然出なくて体に水分がたまってる状態、全身のむくみ手の震え。骨髄は少しずつでも順調に増えて来てるのに敏行の体はまだまだ闘いです。点滴も十個くらいぶら下がっている。骨髄も生着して後は良くなるだけで先が見えて来たから頑張るよ！」

☆「四週間たつまで成功かどうかわからないのかと思ってたから意外に早く連絡来てビックリ!!　第一段階突破でホント良かったね(^.^)　今までは先が見えず怖くて不安だっただろうけど、一応先が見えて来たから後はそこに向かってホント頑張れると思う!(^^)!　面会出来るようになったらまたメールでもしてね！」

6月1日（水）

白血球数　２４００／血色素量　７・７／血小板数　１万２０００

今日看護部長さんが敏行に会いに来てくれて励ましてくれた。看護師さんたちが、「高野君すごく頑張ってます！」って話を聞いて、会いたくて顔を見に来てくれたそうだ。ありがたい。みなが心配してくれる。本当に感謝の気持ちでいっぱいだ。敏行は絶対乗りきれるさ！

祥子と律子はちゃんと頑張っているだろうか？　律子には一番可哀想な思いをさせている。ゴメンね。もう少しで家に帰れると思うから、待っててね！　お母さんも二人のことを思うと胸が痛いです。お兄ちゃんは命を賭けて闘っているから分かってね。律子が何でもできるようになって、お母さんはすごく助かっています。本当に感謝しています！　ありがとう！

6月3日（金）モルヒネによる禁断症状

なかなか熱が下がらず、すごく難儀と言っている。白血球が８４００になってビックリした。白血球を増やす点滴をストップした。先生が、痛いところがないようだったらモルヒネをやめよう、と言って一時ストップしたら、少ししてソワソワし、イライラして落ち着きがなくなり、禁断症状が出てしまい、まるでヤク切れ状態！　モルヒネをまた元に戻してもらい、少しずつ減らすことにした。今日もだるくて仕方ないようだ。

6月4日（土）

夜中にまた熱を出して気持ち悪いと言ってきたので、吐き気止めと解熱剤をしたらしいが、朝まだ37・8度も熱があった。白血球は７０００に減っていた。また少し減るかもしれないが、自力で増えてくるらしい。血小板も1万８０００で、少しずつ増えてきている。リハビリの先生が来て、今後のリハビリの進め方を話してくれた。少しずつ筋肉つけるように頑張ろう！

6月5日（日）脳みそがどうにかなった！　全然思い出せない!!

白血球数　４５００／**血色素量**　７・０／**血小板数**　２万８０００

今日敏行がおかしなことを言い始めた。一時退院した時どこで何をしたのか、全然覚えていないらしい。思い出せないらしい。

「頭がおかしくなった！　脳みそがどうにかなった！　本当に思い出せない!!」

とイラついていた。

「『笑っていいとも』、いつ行ったんだっけ？」「今ここから出られないんだから、行けるはずないでしょう。夢でも見たの？」「イヤ本当に行った！」と言い張っていた。どうしちゃったんだろう。敏行しっかりして！

「ムリに思い出さなくてもいいから……」と言ったら、「もう考えるのやめた……」と言っていた。だが思い出せなくてスッキリしないらしい。

頭がクラクラする、息切れがすると言っている。貧血らしい。

祥子と律子が来てガラス越しに面会してくれた。ありがとう！　お兄ちゃん頑張っているからね！　あと頼んだよ!!

6月6日（月）血圧200突破！　トイレで倒れる！　記憶障害を起こす

今日、敏行がトイレで倒れた！　私がお昼を食べにちょっと出た間のことだった。私が戻った時ちょうど倒れた直後らしく、入室するために手を洗っていたら看護師さんから、「今、高野君が倒れた!!」と言われ、慌てて中に入った。敏行はトイレの便座に腰掛けて両手両足を投げ出し、両手はダラリと下に垂れていて、目は上を向いて白目になっていた。その白目が真っ赤に充血をしていて口から泡を出していた。とにかく見た時ビックリしてもうダメかと思った。看護師さんを押しのけて敏行のところに駆けつけて、トイレットペーパーのところにもたれていた頭を腕に抱え、「敏行！　敏行！　分かる？　お母さんだよ!!」って叫んでも、「ウーウー」とうなるだけで意識がなかった。泣きながら「敏行！　敏行！　しっかりして！」と何度も何度も敏行を抱えながら叫んだ。

「お父さんを呼んでください！」と言われた時、「もう敏行はダメなんですか!?」と叫びながら聞いた。

「とにかくすぐ呼んでください！」と言われ、本当にもうダメなんだと思った。お父さんにすぐに来るように連絡した。お父さんも動揺しているのが電話の声で分かった。ベッドに移してずっと敏行の手を握って離さなかった。すごく怖くて離せなかった。休むことなく「敏行！　敏行！　分かる？　お母さんだよ！　目、開けて敏行！　敏行！」

と手を握りながら叫んでいたら、たまに正気になって焦点を合わせ、「うん……」って返事をしてくれた。手も握り返してくれた！　よかった！　意識が戻った！　助かる！　と思いすごく嬉しかった。お父さんもすぐに来たが、やっぱりダメだと思ったらしい。

少し前から「頭が変だ～、変だ～昔のことがどうしても思い出せない……」と言っていたが、倒れた直後からはもう移植したことも覚えていない。専門学校に合格したことも、あんなに頑張って補習を受けて卒業の認定をもらって卒業式に出たことも、沖縄に修学旅行に行ったことも、一時退院した時何をしていたかも、全部何もかも忘れている。友達がお見舞いに来てくれたのも、専門学校の小薬先生がお守り持ってきてくれたのも、とにかく全部忘れている。一分前のことも忘れている。何回言って聞かせても、初めて聞いたみたいに話している。

ＭＲＩを撮ったら脳に異常はないらしいが、神経が傷ついているかもしれないとのこと。てんかんの恐れがあるらしい。短期間の間にまた倒れたら、てんかんの可能性がある。記憶障害が後遺症として残るかもしれない、と言われた。辛かった記憶は消えてもいいが、これから先、記憶が残らず、つながらなかったらどうしよう。学校もあるのに行けるだろうか？　免疫抑制剤による脳の働きの障害をおこしたらしい。なんとか思い出してほしい……敏行が可哀想すぎる。本当に代わってやれたらどんなにいいか……。

6月7日（火）薬でコントロールされている体

白血球数　５２００／血色素量　７・７／血小板数　２万８０００

敏行はもう、昼と夜が分からなくなってきている。昨日よりもまた記憶がなくなっているようだ。顔面マヒのことも、今日顔が動かないことに気づいたみたいで、一日中「治るんだ？　絶対大丈夫なんだぁ〜？」と聞いている。

「1カ月前からそうなんだよ」と聞かせても、すぐに忘れてしまって「動かない！　動かない！」と心配している。ついこの間やっと「前向きに頑張る！」と言ったばかりなのに、また一からやり直しになってしまった。昨日倒れたことも何回言って聞かせても、そのたび「えっ!?　倒れたん？　どこで？」と聞いている。石黒先生と話をしたことも1分もしないうちに忘れている。

今日から日記を一緒に書くことにした。忘れていることを私が書かせているようなものだが、書いたものを何回も読ませよう。敏行はソワソワして、自分の居場所がないような感じだ。頭に霧がかかっているようで、スッキリ霧が晴れずモヤモヤしている感じらしい。興奮しているのか、夜も眠剤を3回使っても眠れないらしい。何かを考えだすと、どうしていいか分からないのかもしれない。血圧も１８０くらいから下がらず、いつ倒れてもおかしくない状態で怖い。そのせいなのか、冷や汗をかいて3回も着替えた。熱もそんなに高くないのに、どうして汗をかくのだろう？　血糖値も下がりすぎて薬でコントロールしている。点滴の量が減るどころか、逆に増えてきている。敏行の体は薬でコントロールされている。ゆっくりでいいから1個1個、目の前のものをクリアして

1歩1歩進むしかない。

6月8日（水）

別れたはずの彼女にメールをしようとしているから慌てて止めて、「別れたんだよ！」と言っても信じずに、興奮して「別れてない！　どうしてそんなこと言うんだ！　俺は別れてない!!」とパニックになっている。血圧が高いから興奮させるのが怖くて、なだめるのがやっとだった。

「お母さん、何言っているのか分かんないから、トムに聞いてみる！」と言って電話をしたが、授業中で出られず病室の番号をメールで教えて、かけ直してもらった。トムくんと長々話をして、ようやく彼女と別れたことを納得したのに、30分もしないうちにトムくんと話をしたことすら忘れている。敏行の頭の中はどうなってしまったんだろう？

夜また、「別れてない！　どうして？　俺は別れてない!!」と興奮して繰り返している。彼女と別れたことを納得したことも忘れている。こうなると理解してもらうしかない。

メールをしようとするからどうしたらいいものか。

「昨日一緒にラーメン食べに行ったのに……」と言っている。錯乱を起こしているようだ。1日も早く思い出せるといいが……。看護師さんが記憶障害を起こすことを一番心配していた、と言っていた。今日は興奮しているから、ノートを書くことができなかった。一日に何度もジワ～と汗をかいている。何の汗なのか？ 熱も38・4度まで下がっても37度台から下がることがない。敏行、そんなに彼女のことが好きだったの？ 今日の敏行の姿を見て涙が出て、お母さんも辛いよ。どうしてあげることもできない。敏行、本当にごめんね。可哀想だけど、彼女の携帯の番号もアドレスも消しちゃうね。本当にごめんね。

お父さんとの送受信メール

☆「敏行具合どうですか？　元気ですか？」
★「うん！　今からお母さん帰るっけ」
☆「ひとりで大丈夫かな？」
★「たぶん…」
☆「寝て起きて目をさませばお母さんがそばにいるから、早く寝て下さい」
★「わかった！　オヤスミ」

仲間との送受信メール

☆「体調の方はどうら？　俺は今ホテルの専門学校の研修で横浜で仕事してるんよ。早く新潟帰って元気になって退院したトッスィーと遊びたいて(^_-)♡」
★「意識が変ら…それと日常が夢見てるみたいで意識が変！　もうろうとしてる(-_-)」
☆「俺もトムから話はきいてるよ(>_<)　でも強い意志をもって完全に治すって気持ちでがんばれ!!　トッスィーがよくなるようにみんな願ってるよ！☆　がんばってな!!」
★「オレ、マジ頑張る!!　ありがとう」

6月10日（金）

白血球数　２７００／**血色素量**　６・６／**血小板数**　３万７０００

赤血球が６・６で貧血気味だったので４００cc輸血した。手足が冷たかったのはそのせいだったのか、「手が冷たくて仕方ないからお母さん手、握ってあっためて」と言うから敏行の手をしっかり握って温めてあげた。何十分手を握っていたかな？　いつから敏行の手触っていないだろう？　思い出せないくらい前だ。お母さんより大きくて、ごつつい手になったね。ちょっと嬉しかったよ。敏行が元気になったら手を握るなんてもうないかもしれないから、これが最後かなと思ったら嬉しかった。

記憶のほうは変化なし。石黒先生が敏行と20分くらい話をしてくれた。退院は７月中旬と言っていたが、本当にそのくらいでできるのだろうか？　完全に治って元気になるまで退院させないでほしい。今日白血球が２７００で大分下がってきたが、血小板が２日輸血なしで３万７０００まで増えてきている。自分の血が増えてきている！　本当によかった。あと、敏行の体と顔面マヒと記憶障害を治せば、安心して退院できるのだが……。

6月11日（土）

3時頃治くん、純くん、ひろきくんがプリンをいっぱい持って面会に来てくれた。敏行といろいろ話したが、同じことを何回も聞いている。まったく覚えていない状態だ。純くんが敏行を見ていたたまれなくなって泣いてしまった。ガラス越しから電話での面会なのだけれど、敏行に涙を見せまいと、純くんが突然ガラスから見えないようにしゃがみ込んでしまい、そっと部屋から出ていった。敏行も、「純、どうしたん？」って心配していたが、「トイレじゃないの？」となんとかごまかした。しばらくして元気な顔で戻ってきてくれ、何事もなかったように敏行と楽しそうに話してくれた。ありがとう！　明日トムくんと坪谷くんが来てくれることになっている。みな心配してくれている。本当にありがとう！　残念なことに来てくれた三人のことを敏行は覚えていない。「どうしてなの!?　敏行しっかりして！」。つい叫んでしまいそうになる。13日にセミクリーンに移ることになった。顔面マヒはまったく治る気配がない。ピクリとも動かない。

6月12日（日）

白血球数　7100／**血色素量**　8・6／**血小板数**　6万1000

今日で無菌室最後！　明日セミクリーンに移動だ。お父さんも仕事の合間に、夕方必ず毎日来て、私と交代してくれた。この時間だけが、息がつけた。ありがとう！　一つ気になることがある。白血球が７１００は決して多い数ではないが、昨日の３７００から比べれば、１日に倍くらいになっている。前のがん細胞が増えた時と状況が似ている。またがん細胞が増えたの？　心配。

今日はトムくんと坪谷くん、つかさくんと治くんが見舞いに来てくれた。治くんは昨日も来てくれた。トムくんも涙ぐんでいた。本当にみな心配してくれている。必ず敏行を連れて帰るから！　待っていてね！

6月13日（月）――病院に泊まる

セミクリーンに移動してきた。やっぱりセミクリーンは広いし、無菌室とは違う。７階だから眺めもいい。外の景色が見えるのは気分的にも全然違う。それよりも敏行の隣で寝られるのが一番嬉しい！　そばにいられると私が安心できる。記憶は変化なし。移動してきたのも覚えていない。お父さんが卒業アルバムを持ってきてくれたが、覚えがないらしい。親兄弟、友達、親戚……人の名前、顔は覚えている。ただ自分が起こした行動を覚えていない。彼女のことは覚えていて、記憶は途切れ途切れのようだ。友達、

ひろみさんと私の送受信メール

☆「都武も敏クンの状態を聞いて頭ではわかってたつもりだったけど、実際話してみてかなり戸惑ったしショックも大きかったみたいで泣きそうになったって私に話してくれた…今朝そぅ言えば七月中には退院出きるみたいって言ってたけどもし本当なら移植の方は順調に回復に向かってるってことだよね？　夏休み遊べるねって言ったら一緒に服買いに行ける！　って喜んでた…退院して仲間と一緒に遊んだりいっぱい話したりすれば今の状態より良くなるはずだよ！　そぅ信じてるよ♡」

★「昨日無事セミクリーンに移ったよ！　残念ながら都武くん達、仲間が来てくれたのは覚えてないんだよ(T_T)　純くんに泣かれた時は私も泣きそうになった。いたたまれなくなったんだと思うよ。沖縄行ったのも忘れてる(-_-)　時間が解決してくれる事を祈ってます。今ドナーの骨髄と敏行の骨髄が戦っている真っ最中だからまだまだ辛いと思う。明日、心身科（精神科）の先生から診てもらう予定です。私もどう対処していいかわからないし…どうして敏行にこんなに試練を与えるのか…辛すぎるよね(-_-)　せっかく白血病に勝っても薬の副作用に負けたくない!!　頑張るよ！」

親を忘れないでいてくれてよかった。先生は白血球が増えても心配ないとおっしゃっていたが、明日骨髄検査をするらしい。無菌室ではほとんど出なかったＧＶＨＤ（移植片《いしょくへん》対宿主病《たいしゅくしゅびょう》……移植された血液細胞が、移植を受けた患者の正常組織を攻撃すること。以下、ＧＶ）が、やっと出てきて体が赤くなってきた。ドナーの骨髄が頑張っている証拠だ。

6月15日（水）――病院に泊まる

心身科の丸山先生が来てくれて、本人といろいろ話をした。あとで私と先生が話をしたが、今までみたいに一日のことをノートに書き留めて何度も繰り返してみたほうがいいということと、何度も同じことを繰り返して聞いてきても、何度も聞かせてあげて、「さっき言ったでしょう。思い出してごらん」という言い方は絶対しないほうがいいということと、マンガ本を読んだり音楽を聴いたりしたほうがいい、とも言っていた。

敏行は足の指がズキズキして痛いらしい。先生はＧＶＨＤだと言っていたが、ＧＶが出ていればいいのだけど。明日、皮膚科の先生に診てもらう予定。脊髄液の検査も明日する予定。管が抜けたから、また痛い思いをするのかと思うと可哀想だな……敏行、頑張れ！

6月16日（木）――病院に泊まる

白血球数　８９００／血色素量　８・３／血小板数　４万５０００

　脊髄液検査は20日になった。敏行もホッとしていた。夜中に足が痛くてあまり寝られなかったと今朝先生に言ったら、整形外科の先生に診てもらおうということになった。夕方診てもらってレントゲンを撮ったが、異常はなかった。やっぱり薬のせいなのかなぁ～。念のために22日に腰のＭＲＩを撮る。腰からの神経が足を刺激することもあるらしい。まだまだ記憶のほうも戻らない。敏行も常に霧の中にいてモンモンしていると言っている。『ＮＡＮＡ』のマンガ本を真剣に読んでいるがすぐに忘れてしまうから、前の巻を手元に置いて繰り返し繰り返し読んでいる。

「お母さん、俺の頭の中、本当に変だ。寝てたか起きてたかも分かんなくなった……俺、今寝てた？」

「起きて本読んでたよ」

「何読んでたのか全然分かんない。俺どうすればいいん？　マジ怖いんけど……」

「思い出そうとすると、あせって逆にどんどん不安になるから、少しずつ霧が晴れるみたいに思い出してくるから、もう少しの間、何も考えないほうがいいよ」

　としか言えなかった。敏行もかなり不安になっている。私もすごく不安だけれど、敏行の前では不安な顔なんて見せられない！　と自分に言い聞かせているが、今日も敏行が寝ている時、洗濯機を回しながら泣いてきた。コインランドリーがあるから助かっている。泣ける場所があるから、敏行の前で元気で明るくいられる。

6月17日（金）――病院に泊まる　記憶がないのが辛い……

今日おじいちゃんとおばあちゃんが来てくれた。敏行が覚えていてくれるといいが。皮膚科の先生に体のブツブツを見てもらったがＧＶらしい。でもあまり体が赤くないが、こんなものなのだろうか？　ＧＶがあまり出ていないような気がする。塗り薬を処方してもらった。

シャワーを浴びたが、私も一緒にシャワー室に入って、敏行の体を洗ってあげた。だがこするだけで痛がっていた。手で石けんを泡立てて、なでるように洗った。敏行はそれを恥ずかしがらなかった。さすがに大事なところは、タオルで隠していたが……。

足が痛くて夜あまり寝られなかったらしい。足の裏全体に力を入れて立つと激痛が走るため、おしっこに立つのも辛いらしい。足に力を入れないように、私の肩に必死にしがみついていた。少しは敏行のためになっているのだろうか？　敏行は今日気になることを言っていた。頭がもうろうとしていて、自分の声もよく聞こえないと言う。

「記憶がないのが辛い……生きてる感じがしない。自分が自分じゃないみたいだ……。頭の中の霧、どうにかして、お母さん！」

敏行、お母さんどうしたらいい？　どうしたら敏行が楽になれる？　誰か教えてほしい。

6月18日（土）――病院に泊まる　食事受けつけず……

白血球数　１万４４００／血色素量　９・７／血小板数　５万６０００

今日、敏行が「祥子と律子元気なん？　しばらく顔見てねえなぁ～」って言っていた。やっぱりケンカばかりしていても兄妹なんだなぁ。

２、３日前からまったく食事を受け付けなくなった。お腹が空かないらしい。小皿１杯の薬を飲むための水だけで、お腹いっぱいになるらしい。１回の食事がバナナ４分の１だけとか、サンドイッチ２口だけとか、おにぎり２口だけとか……とにかく食べられない。高カロリーの点滴を１個減らしたから、少しはお腹が空いてくれたらいいのだが。足がかなり痛くて、足首から先が布団に当たっただけで、「いてぇ～！」と叫んでいる。足首から先を布団が掛からないように出してあげた。早く痛みが取れるといいが。

6月19日（日）――病院に泊まる

白血球数　２万１０００／**血色素量**　１０・１／**血小板数**　５万３０００

１時から6時までお父さんに代わってもらい、家に帰ってきた。祥子と律子の顔を見てちょっと話し、私も大分気がまぎれた。記憶のほうは明日すべて思い出すということはなく、少しずつ直していくしかないから焦っても仕方がない。だが敏行は自分がどうなるのかと思うと、すごく怖いのだと思う。足が痛くて立てないのが、今は一番心配だ。顔面マヒは前回のとき１カ月もたたないで動き始めたのに、今回はもう１カ月以上たっている。なのに、まったく動く気配がない。本当に動くのだろうか？

6月20日（月）――病院に泊まる　白血球が激増！

白血球数　２万６８００／**血色素量**　９・３／**血小板数**　４万４０００

白血球の数を見てビックリした！　２万６０００！　血小板も5万より減ってきている。どういうこと？　再発ってこと？　石黒先生は、がん細胞はないと言っていたが、ＬＤＨの値が高くなってきている。がん細胞が増えているんじゃないの？　脊髄に抗がん剤を入れること自体おかしい!!　予防だと言っていたが……。納得できない！　とにかく違う症状であることを祈るしかない。そんな私の心配をよそに、敏行はキーボードを楽しんでいた。敏行は知らないほうがいいよ。

6月21日（火）——病院に泊まる　再発の可能性が高い

石黒先生から話があり、再発の可能性が高いと言われた。やはり心配していたとおりになった。ＬＤＨの値も高くなっているらしい。

免疫抑制剤を少しずつ減らして、ドナーの骨髄と敏行のがん細胞を戦わせるしか手がないらしい。あれだけの抗がん剤と、6回もの放射線を耐えていたがん細胞が、また抗がん剤と放射線で減ることは不可能らしい。ドナーの骨髄が95％以上でほとんど入れ替わっているからドナーが戦って勝つことを信じて待つしかない。もし敏行のがん細胞が勝ったら、もう……かなり辛い状態になってしまう。敏行の生命力を信じるしかない。敏行、負けないで。お母さんは何もできないことが歯がゆくて仕方がない。さすってやったり、励ましてやることしかできない。口には出せないが、敏行、頑張って！　頑張れ！　あれだけの試練を乗り越えてきたんだから、敏行は大丈夫だよ！　まだまだ大丈夫だよ！　あきらめないで！　先生を信じて頑張ろう！　負けるな！　そうずっと心で叫び続けている。

6月22日（水）――病院に泊まる

白血球数　２万１９００／血色素量　９・７／血小板数　３万６０００

お父さんが先生と話をしたが、やはり治る確率は五分五分、50％だそうだ。ドナーの骨髄に祈るしかない。敏行は周りから見ると話もちゃんとしているし、仲間とのメールもいつものようにしていて変わりがないのに。私たち親から見ても先生がおっしゃるような危機感はまったくない。いつもと同じ敏行だ。敏行は絶対、大丈夫！　先生は最悪のことしか言わないのかもしれない。

あまりの足の痛さのために腰のＭＲＩを撮ったが、結果がまだ出ない。もし腰が原因なら、なぜ足の神経を刺激するほど腰が悪くなるのだろうか？　すべて白血病のせい？　食欲がもう少し出てくれるといいのだけどほとんど、食べていない。あれだけ「焼き肉が食いてぇ～」って言っていたのに、今はもう食べたくないらしい。早く元気になって、みなで食べに行こう。

心身科の先生が来てくれ、敏行とじっくり話をした。話を聞いていると、あせりは禁物だということがよく分かった。私があせれば一番不安で怖がっている敏行にストレートに伝わってしまう。敏行のすべてを包み込んであげないと！　これから先、記憶が戻るまでお母さんがしっかり敏行を守ってあげるから、怖がらなくても大丈夫だよ！

6月24日（金）――病院に泊まる　お母さん、今何が欲しい？

白血球数　1万6500／血色素量　8・7／血小板数　1万1000

熱が38・3度あったからシャワーができなかった。血小板が1万8000しかなかったので輸血をした。白血球は確実に減ってきているが、血小板までなぜ減るの？　また輸血になるの？　良くなっているのだろうか？　敏行は体力をつけようと頑張っている。今日もリハビリを頑張ってした。ベッドからの立ち座りを10回。私と一緒にベッドから病室の扉まで2往復。体がよろめいて転びそうになったが、支えてなんとか大丈夫だった。息が上がって疲れたようだが頑張ってくれた。こんなに敏行は元気なのだから心配いらないと思う。

今日はすごく嬉しいことを敏行が言ってくれた。

「お母さん、今何が一番欲しい？」

「敏行が元気になって、家に帰れることが一番嬉しいから、これといって今思い浮かばないなぁ～。どうして？」

「まだピアスの穴開いてる？」

「開いてるよ。ピアス買ってくれるの？」

「買うわけね～ろ！　なんでオレが買わね～と悪いん！」

「100円のピアスでいいよ！」

「穴、絶対にふさぐなね！」

すごく照れているのがよく分かる。やっぱり敏行は優しい子なんだ。きっと買ってくれるだろう。楽しみに待っていよう。

6月25日（土）——病院に泊まる

白血球数　1万6900／**血色素量**　8・2／**血小板数**　3万2000

白血球が昨日より少し増えていた。ドナーの骨髄、頑張って！　お願いだから頑張って、がん細胞やっつけてください！

鼻血が左右両方とも出てしまい、ガーゼを詰めてもらったが、ガーゼを詰めることにあれだけ震えて抵抗していたのが、幸いなことに出血の恐怖を忘れているから、素直に詰めてもらえた。

その代わり鼻のかさぶたが気になって仕方ないらしく、いじってしまうのが困る。前までは鼻血を出すのが怖くて、絶対鼻に手をやらなかったのに……。思い出してほしい反面、辛かったことは思い出さなくてもいいと思ったり、複雑。今日も血小板を輸血した。熱も38・4度から下がらない。

お父さんとの送受信メール
☆「敏行具合どんなですか？　元気ですか？」
★「まぁまぁ。けど記憶が変だ」
☆「足痛いか？」
★「かなり痛いよ。記憶も全然おかしい」
☆「心配ないよ。敏行早く帰ってこいよ」

6月27日（月）――病院に泊まる 約4カ月ぶり、最後の帰宅

朝、看護師さんが病室の戸を開け手招きしている。敏行には気づかれていないようだった。まただ～、やっぱり敏行は良くないんだ！ そう一瞬頭をよぎった。看護師さんが呼びに来る時はいつも先生から悪い話を聞かされる。これで何回呼ばれただろうか？そして、その嫌な予感は当たっていた。

先生は、今日の血液検査で白血球が3万になり、そのうち白血病細胞（がん細胞）が4割を占めていたという。どうして？ どうしてまた増えるの？ 移植の日、ドナーの骨髄が届いた時に先生は「脂肪も少なくてすごくきれいな骨髄ですよ！ たくさん頂いてきたからね。高野くんは体が大きいから、これだけの骨髄が入れば、もう大丈夫ですよ！」って言ったじゃない！ 「再発です」と言われた時、私はがく然として、こんな大事な話を私一人に言わないでよ！ お父さんと二人の時に話してよ！ と思いながら先生の話を聞いた。「今ドナーの骨髄が高野くんのがん細胞を攻撃しているから、あまり負担をかけないように、免疫抑制剤でドナーの骨髄の攻撃を抑えながら戦わせていますが、この免疫抑制剤をやめてフル活動でドナーの骨髄から攻撃してもらいます。この結果が出るのが、体から薬が抜ける2、3日後から表れると思います」

「もし、ドナーの骨髄が闘ってくれなかったらどうなるんですか？」

「厳しいですね……」

「ダメだってことですか？」

「……」

「もしダメだったら、あと半年ですか？」

「そんなに長くないでしょう」

「じゃあ、３カ月？」先生は首を振った。

「1カ月？」

「明日とも言えないかもしれません」

「そんな！　先生、なんとか敏行を助けてください！　先生！」

「……今、抗がん剤を使うとドナーの骨髄がダメージを受けてしまうし、あれだけの抗がん剤を使って放射線治療、前治療でがん細胞もろとも骨髄を破壊したのに、みんな生き延びてきたがん細胞です。得策ではありません。放射線も同じことで、今の高野くんの体ではとても無理です。一つ望みがあるのは、ドナーの骨髄に頑張ってもらうだけです。高野くんの生命力、奇跡を信じましょう！」

　私は先生と、敏行の生命力を信じるしかなかった。

「お父さんにも話をしたほうがいいですね」

「そうしてください。お願いします」。私はすぐにお父さんに電話をして、約束の時間の1時に来てもらうように伝えた。今聞いた先生の話も伝えた。お父さんは一言、「もう手立てがないってことなんだな？　分かったすぐに行く！」

えっ？　手立てがない？　こんなに敏行は元気で普通にして、普通に話をして意識もしっかりしているのに、明日とも言えないって今、危篤状態ってこと？　何、言っているんだろう？　先生の話が理解できなかった。最悪のことを言っているのだろう。

病室に戻って敏行の顔を見るのが辛かった。

「何してきたん？」

「今ね、小児科のお母さんたちと話をしてきてね、あんなに小さいのにみんな頑張ってるんだよ。敏行も頑張らないとね！」

そう、なんとかごまかした。私はひろみさんに、トムくんからできるだけたくさんの仲間に頑張れメールを送ってほしいとメールをした。

敏行、今かなり厳しい状態です。お願いがあります。トムくんからできるだけたくさんの仲間に頼んで、メールして励ましてやってほしいと言ってもらえませんか？　ぜひ、お願いします。今は敏行の生命力がすべてです。生命力に賭けるしかありません。お願いします。

約束の時間に、二人そろって先生からの話を聞いた。さっき言われたことをお父さんも聞いた。突然お父さんが先生に、「3月からの入院で、4カ月くらい家に帰っていないから、今のうちに連れて帰っていいですか?」と聞いた。

「今、これからですか? そうですね、それじゃあ外出してきますか?」

移植後41日目で39度も熱があって、鼻血も出ているから、普通なら絶対無理に決まっているのに、先生は許可してくれた。先生も家に帰って家族、友達の顔を見ることにより、自分の持っている免疫力が高められたら、奇跡が起きるかもしれないと思ったのだろうか? 私もお父さんの言った言葉にビックリして、「今連れて帰るの?」「今だったら連れて帰れるから連れて帰ろう!」「うん。分かった。帰ろう」

病室に戻ってすぐに敏行に、「敏行! 今日夜まで外出してきてもいいって」と言うと、「エッ! なんで!? なんで帰っていいん?」と聞いてくる。

「まだまだこれから治療が続くから、元気つけるために1回家に帰ってきなさいだって。難儀かったら無理にいいんだよ」

「帰る!! 帰る!!」。とても嬉しそうだった。こんなに元気なんだから敏行は絶対大丈夫！　すぐトムくんに、「これから帰るから、来れる人みんな誘って家に来て！」とメールをしていた。すごく嬉しそう。「足の付け根が痛くて変だぁ〜。肩が痛い、首が痛い」と言っていたが、先生も「大丈夫、心配しないで帰ってきなさい」と言ってくれた。点滴をすぐに止めて、ウキウキしながら支度を整えた。本当に嬉しそうでよかった。

石黒先生が車イスを押してくれて、看護師さんと二人で玄関まで見送ってくれた。4カ月ぶりに外の空気を吸って気分も違うと思う。4カ月の間に外の景色も変わっていて、「来た時、こんなのあったっけ？」と楽しそうに眺めていた。病院を出てすぐお父さんが、「敏行、何か食べたいものあるか？」と聞くと、アイスの「ガリガリ君」。

食欲がなくほとんど何も口にしていなかったうえ、39度の熱もあったので、さっぱりしておいしかったのか、ほんの1口残して食べた。途中でスーパーに寄った時にひろみさんに会ったが、話すと泣きそうだったから手短に、「今、敏行連れてきてるんだ……」それだけ言うのが精いっぱいだった。ひろみさんに、「トシくん、大丈夫だよね!?　ホントに大丈夫だよね？」と聞かれ、何も言えずうなずくだけで言葉が出なかった。

家に着いてしばらくしたらトムくん、純君くん、坪谷くん、夏美ちゃん、みはるちゃんが来てくれた。敏行にはすぐに駆けつけてきてくれる仲間がいる。本当に感謝の気持ちでいっぱいだ。みんな本当にありがとう。敏行がリクエストしたスパゲティー、シチユー、ピザ……をみんなと食べたが、敏行はスパゲティー2、3本、シチュー、ピザは1口くらいしか食べられなかった。

敏行が、自分の部屋が見たいというから、お父さんがおぶって部屋まで連れて行った。18歳になった我が子。顔はパンパンに丸くなり、熱で体が熱く、弱々しそうに見えた体もおぶったら、身長177㎝の体はズッシリ重かったようだ。その時お父さんの頭に敏行の手がゴツンと当たり、今まで言ったことのない、「あっ！　ごめんね！　ごめんなさい」と謝りの言葉を素直に言っていた。お父さんに謝ることなんて、今までに一度もないことだった。お父さんはこの言葉を聞いた時、敏行が生まれて今日までこんなに愛しいと思ったことはなかったそうだ。辛い入院生活の中で多くのことを学び、人の気持ちが分かる素直な男に成長した、とお父さんもビックリしていたが喜んでいた。部屋に入ってすぐ、「あっ！　クーラー新しいのに変えてくれたんだね！」と言う。「いつ帰ってきてもいいように、新しいのに入れ替えてやったんだよ」。敏行は嬉しそうだった。クーラーの入れ替えに気づいてくれたことにお父さんも喜んでいた。

自分の部屋で仲間との写真をいっぱい撮った。みんないい顔で写っていた。仲間に敏行の再発の話をしていたら、こんなニコニコしてピースサインの写真は撮れなかったと思う。黙っていてよかった。約束の時間が刻々と迫ってきていた。午後8時、病院には戻りたくない……後ろ髪引かれる思いで、お父さんと祥子、律子、私と敏行で車に乗り込み、仲間たち、おじいちゃんおばあちゃんに見送られながら家を後にした。

病院に着いたら、看護師さんがすごく心配して待っていてくれた。家のほうにも心配して、「敏行くん、具合どうですか？　大丈夫ですか？」と電話をくれていた。無事帰ってこられて一安心。早速点滴をつなげて、いつもの病院生活に戻った。

しばらくして看護師さんが呼びに来た。また何だろう？　と思ったら、「石黒先生が心配して3度電話をかけてきていて、高野くんが戻ったら電話ください、と言われていたので、これから石黒先生に電話するからお母さん代わってくださいね」。

石黒先生と話をすることになって、「高野くん大丈夫でしたか？」「はい。おかげさまで無事帰ってきました」「友達に会えましたか？」「五人集まってくれました。一緒に夕飯を食べて話をして、写真を撮ってとても楽しかったようです。本当にありがとうございました」「楽しんだようでよかったですね」「本当に帰れるなんて思ってもいなかったので、先生のおかげです。また明日から頑張れると思います。本当にありがとうございました」

病室に戻って敏行に、「敏行。石黒先生がすごく心配してくれてたよ。ありがたいね。明日からまた乗り越えていこうよ！」と言った。

敏行は早めに寝た。疲れたのか、グッスリと眠った。敏行の生命力と、奇跡と神頼みしかない！　敏行負けられないいんだよ！　お父さんも泣いていた。かなり辛いと思う。

敏行！　気力で負けてなるものかと頑張って!!

ひろみさんと私の送受信メール

★「今日は都武君のお陰でたくさん仲間が集まってくれて感謝してます。いい思い出が出来たと思う。写真も一杯撮ったし…都武君も気付いたと思うけど敏行に猶予がないんだ。先生に今日言われて…このままどうにかなるんだったら今のうちに家帰らせて、楽しい思い沢山して、自分が持っている免疫力を高められたら…って思って四カ月振りに家連れて来ました。奇跡を祈るだけです。だから皆から頑張れメールが欲しくて都武君に頼んだの。都武君が皆を集めてくれて感謝してます」

☆「昼間のメール見て何故かすごく鳥肌が立って胸が苦しくなった…都武にメールしてとにかくみんなに伝えてって言った…スーパーで会って「今連れて来てるんだ」って聞いた時変な胸騒ぎがした…「大丈夫だよね!?」って聞いた時の由美子サンの顔がすごく気になってまさか…でもそんなわけない…って何度も何度も繰り返した…記憶の方はともかく白血病そのものは順調に回復してるんだとばかり思ってた…みんな待ってるんだよ!!　都武も敏クンと買い物行けるって楽しみに待ってるんだよ!!　何が何でも元気になるの待ってるんだよ!!　最後だなんて言わないで…」

★「ありがとう。私も間違いだって思いたい。ドナーの骨髄に頑張ってがん細胞を攻撃して欲しいんだけど、この二・三日前から白血球が三万にもなりまた四割がん細胞が増えてるの。今抗癌剤するとドナーの骨髄もダメージ受けるから命取りになる。繰り返ししてきた抗癌剤と、限界と言われる量の放射線掛けても生き延びてたがん細胞らしい。今は何の治療も出来ない。ただドナーの骨髄ががん細胞をやっつけてくれるのと、敏行の生命力と仲間の励ましと、神頼みと奇跡しかありません。ダメだったら一カ月ないかも知れない」
☆「都武も実際敏クンを見てちょっと悪いかもって思ったみたい…さっきと今の由美子サンのメール見せたら「ホントに？　嘘だろ？」ってパニクッてる…今隣にいる…慶クンや裕二クン治クンに携帯してる…他のみんなにも頑張れメール送るように連絡してる…あと一ヶ月なんてありえない…そんなこと絶対ない…みんなが祈ってるから、ドナーの骨髄がやっつけてくれるの信じてるから、敏クンの生命力信じてるから…由美子サン達も絶対あきらめないで！　都武に出来ることあったら何でも言って！　敏クンのためなら何でもするから…」
★「ありがとう。私も絶対あきらめない。あんなに頑張ったんだもん。神様はいると信じてるよ。敏行もお盆には退院出来ると信じてるし…みんな話したら力が湧いてきたよ！　絶対敏行守るから！　かならず家連れて帰るから！　心配掛けてごめんね。絶対あきらめないで頑張るよ!!　電話で話したかったんだけど、泣いてしまいそうで…メールにしました。これからもよろしくね！」

亡くなる前日、自宅への外出を許され
自室で仲間と一緒に、最後の写真

第五章　敏行との別れ

私の腕の中で星に変わった日

受験のとき、受験票に貼る写真を病室で

「俺、マジダメかもしれない……」

6月28日（火）最後の日

昨日で闘病日記は最後になってしまいました。

この日、敏行は6時に目を覚ましましたが、「まだ早いからもう少し寝てていいよ」という私の言葉に敏行はまた眠りにつきました。7時半頃いつものように看護師さんが検温に来て、敏行は起こされ、血圧、熱、血糖、体重を測り、いつものように過ぎました。

「敏行、朝ごはん来てるけど食べられそう？　薬も飲まないといけないから、少しでも食べたら？」

「いらない。食べたくない。薬も後で飲む」

まだ鼻血も続いていました。朝の先生の回診もいつもどおり終わり、何事もなく過ぎているように思いました。看護師さんが、「昨日家に帰るときから今朝まで1度もおしっこしていないから、これから管を入れますね」と言うと、少し前に血圧が上がって倒れ管を入れると言ったとき、ものすごい力で抵抗して入れさせてくれなかったのに、この時はまったく抵抗しませんでした。よほど辛かったのだと思います。苦しそうな息づかいをしているので酸素量を測ったら、酸素が減っていて酸素マスクの用意がされました。私は両方の鼻から出血をしているためガーゼがかなり詰まっていて、口呼吸をしているせいだと思っていました。敏行も「じゃまだからいらね～！　こんなのいらね～し」とイヤがってしようとしませんでした。

突然、敏行が「足首が動かね～！　なんで!?　なんで足首が動かねんだ！　足が曲がらね～！　お母さん足曲げて！」

突然の敏行の訴えにビックリして、何が起きているのか分からないままに敏行の膝を曲げ、左右に倒れてしまうため両脇にクッションを置いてやりました。が、数分もしないうちに、「お母さん！　足伸ばして！　伸ばして！　早く！」

クッションを取り、足を伸ばしてやりました。下半身にマヒが起きていたようです。昨日家に帰る時から、「足の付け根が変だ」と言っていたのは、股関節のリンパがやられていたのかもしれません。「首が痛い、肩が痛い……」と言っていたのも、そうかもしれません。全く気づいてやることができませんでした。足が動かない？　何？　敏行！　何が起きているの？　とオドオドするだけでした。

「背中が痛い！　お尻が痛い」と言うので背中、お尻、足をさすりながら、

「痛いってどんなふうに痛いの？」「痛いんじゃなくてだるい……」

一時もジッとしていられなくて、身の置き場がない様子でした。看護師さんもずっとそばにいてくださって不安を感じたのか、「心電図つけさせてくださいね」と言いました。

「そんなに悪いんですか？」「イヤ、念のためにつけましょう。お父さんにもいてもらったほうが安心かもしれませんね」。安心？　何が安心なの？　と理解できませんでした。

何か周りがザワザワと忙しそうに動き始めました。その時、大好きな音楽を聴いたら気がまぎれるかなぁ？　と思いせがまれて買った、The Band ApartのＣＤをかけてやりました。とりあえずお父さんにすぐに来るように電話をして伝えました。敏行はたえずあっちを向いたり、こっちを向いたり体を動かし、じっとしていられない様子でした。看護師長さんも来てくれて、「大丈夫ですか？」。心電図を見るなり、「酸素の量が足りないから、酸素マスクつけておいたほうがいいですよ」と言うのに、敏行は嫌がってしてくれませんでした。仕方なく、片手でマスクを口元に持っていき、もう片方の手で敏行の体をさすっていました。

敏行はどうしようもないくらい体がだるいらしく、

「俺、きつい……辛い……足がだるい……。俺、マジ……ダメかもしれない……」

私は敏行の「ダメかもしれない」という言葉に、本当にビックリしました。

「何、言ってるの！　そんな弱気になってどうするの！　敏行、家帰るんだよ！　仲間がみんな待ってるんだよ！　お父さんも今すぐに来るから頑張って!!」

お父さんから電話が来て、「もう少しかかるけど、敏行どんなだ？」と言います。

「体がかなりだるくて仕方がないみたい……」。そう言って、敏行に電話を渡しました。

「敏行、大丈夫か!?」「うん……」「頑張れよ！　今行くから頑張れよ！」「う～ん……」

お父さんの大きな力強い声が、離れている私の所まで聞こえてきて、声が震えているのが分かりました。敏行は、お父さんの問いかけに、「うん！」と返事をしていましたが、だんだん力がなくなってくるのが分かりました、それでも、私に電話を渡す手はしっかりしていました。

「敏行をしっかり励ましてくれよ！　今行くから頑張れよ!!」

「敏行、今お父さん来るから頑張って！」

「うん……」

昨日あんなに元気だったのに、4カ月ぶりに家に帰れて、友達に会ってすごく楽しそうだったのに、どうして急に……。敏行はすごく辛そうな息づかいをしているのに、酸素マスクをしようとしませんでした。様子が変になってきて呼吸がおかしくなり、夢中になって敏行の頭を腕の中に抱き、「敏行、頑張って！」と声をかけると、「うん……」と答えます。

「敏行しっかりして！」

「うん……」

「敏行！　敏行！　敏行……」返事がありませんでした。嫌な息づかいは続いていて、張先生が心電図の脇に立っていました。

「先生突っ立っていないで、なんとかしてください！」

「お母さん、もう脈が……」

「そんな！　嘘！　敏行、頑張って！　お母さんここにいるから！　敏行のそばにいるから！　お願いだから頑張って！　敏行！　敏行！」

　抱いているのとは別の手で、ほほを叩いて敏行の名前を呼び続けました。なのに、敏行……息……していない。何度叫んで名前を呼び続けても、敏行から返事はありませんでした。その時、１粒、たった１粒の涙がほほを伝いました。

「敏行！」。私は敏行を腕に抱きかかえたまま、力強く抱きしめて泣きました。お父さん……間に合わなかった……。足が震え、体が震えました。

「お父さんごめんなさい。敏行を待たせることができなかった……」

もっと大きな声で、「敏行、いっちゃダメ!!」って叫んでいたら、戻ってきたかもしれなかったのに。最後にお父さんに会わせてあげたかった……。本当にこれが最後だなんて思いもしませんでした。お父さん本当にごめんなさい。

「敏行、お父さんに会わせてあげられなくてごめんね……」

「危篤です」という言葉もありませんでした。「大至急お父さんを呼んでください」とも、「家族を呼んでください」とも言ってくれませんでした。「ご臨終です」という言葉も……。敏行は本当に死んだの？　嘘でしょう？　昨日あんなに元気に家に帰ってきたのに。まだ少し目が開いている……。死んだなんて思えない、私の子供が死ぬはずがない！　その時、張先生が静かに病室から出ていきました。石黒先生が外来でどうしても来られず、息を引き取って数十分してから来ました。

「先生……」「……」。石黒先生は黙ってうなずいて敏行の頭をなでながら、「よく頑張ったな……」と敏行をほめてくれました。

「お父さんが来るまで、このままにしておきましょう」

私は抱いていた敏行を、静かにベッドに下ろしました。敏行の体から管、器具が静かに外されました。息を引き取った直後に涙を1粒流した……この涙は何だったの？　悔しいの？　死にたくなかったの？　お母さんの腕の中で安心したの？　さよならの涙なの？

　お父さんに電話をしました。「敏行……死んじゃったよ……」

　お父さんは声を詰まらせて泣いていました。

「敏行の頭、なでてやって、頑張ったなと、ほめてやれよ……頼む……」

「敏行、よく頑張ったね。お父さん、今来るから待っててやってね」と私は優しく頭をなで、優しく体をなでてあげました。朝からかけていた、The Band Apart のＣＤのスイッチを、そっと切りました。お母さんがずっとそばについていたのに、何もしてあげられなくてごめんね。助けてあげられなくて、ごめんね。私はずっと敏行の手を握っていました。

　お父さんが泣きながら駆け込んできて、「敏行、助けられなかった……お父さんが絶対助けるって言ったのに、助けられなくてごめんな……。敏行、まだ温かいねっか……敏行……」。敏行の体をなで、無念の涙を流しながら敏行に謝っていました。私は握っている敏行の手を離すことができませんでした。朝からずっとそばにいてくれた看護師さんが泣きながら、「お母さん、一緒に体を拭きましょう」そう言って、握っていた手をそっと離しました。看護師さんは優しく優しく敏行に声をかけながら拭いていました。

まだ生きているような錯覚になりました。敏行？　本当に死んだの？　最後の挨拶していないのに……。石黒先生も手伝ってくれて、退院する時着て帰るはずだった新しいTシャツを着せズボンをはかせました。昨日トムくんに頼んだ仲間からの頑張れメールがどんどん入ってきました。敏行が最後の力を振り絞って闘っている時も、息を引き取った後も、メールが入ってきました。

「敏行……みんな頑張れって言ってるよ。敏行……もう精いっぱい頑張ったよね。みんなが待っているから、おうちに帰ろう」

　石黒先生に、直接の原因は何ですか？　と主人が尋ねたら「白血病です……」としか言ってくれませんでした。それと同時に石黒先生が涙を流していました。敏行のために泣いてくれている。石黒先生が泣いてくれている。私はそれだけで十分でした。先生は最大の力を注いでくれた。全力で助けようとしてくれた。できる限りのことはしてくれたのだと思いました。それでも願いは届かず、奇跡は起きず、敏行は旅立ってしまいました。先生の涙ですべて理解できた……先生も悔しかったのだと思います。

「オレ、死にたくない！」「お母さん助けて！」と言われていたら私はどうなっていただろうか？　私も一緒になって泣き叫んでいたかもしれません。敏行はもちろん、主人も私も絶対に助かると信じて疑いませんでした。亡くなる前の日に、「明日とも言えない」と言われても、敏行はこんなに元気なのに先生は何言っているのだろう？　と先生の言葉が理解できず信じられませんでした。「奇跡を信じましょう」と言われた時も他人事のように聞いていました。石黒先生は危ないということを精いっぱい私たちに伝えていたのでしょうが、私たちには危機感がまったく感じられず、先生のおっしゃる意味を理解することができませんでした。奇跡とか、生命力なんて言わず、ダメならダメと言ってほしかった。覚悟してくださいと言ってほしかった……。敏行にもっといろんなことをしてあげられたかもしれません。もっといろんな話ができたかもしれません。思い出話もできたかもしれません。

「お母さんの子に生まれてきてくれてありがとう！　お母さんは幸せだったよ！」

　そう言ってあげたかった。敏行はお母さんの子でよかったのかなぁ？　お母さんの子に生まれてこなかったら、もっと長く生きられたかもしれないね。ごめんね、敏行。

　先生は最後の望みがあるうちは希望を捨てなかったのだと思います。私も奇跡、生命力を信じていて死ぬはずはない、絶対お盆には連れて帰るんだ！　と強く思っていたので、自然に接することができたのかもしれません。敏行も自分が死ぬなんてこれっぽっちも思っていなくて、絶対家に帰る！　と思っていたので、最後の最後まで頑張れたのだと思います。最後の寸前まで意識をしっかり持っていて、午前11時半静かに息を引き取りました。朝、急変を起こしてから3時間あまりの出来事でした。生きようとする気力は十分にあったのですが、体が言うことを聞いてくれませんでした。

この新潟県立がんセンター新潟病院。悲しんでいる間もなく亡くなる人が多い中、医師や看護師さんたちは幾度となく死と直面して、死後の処置をして……。敏行は先生にとって数いる患者の一人にすぎないでしょう。それでも敏行の死に涙してくれた主治医の石黒先生、ずっとそばに付いていてくださった看護師の石川さん、最後まで全力を尽くしていただき本当にありがとうございました。石黒先生をはじめ、張先生、広瀬先生、今井先生、四人の先生の力を一つにして、敏行を救おうと最大の力を注いでいただき、本当にありがとうございました。

石黒先生には、10カ月間本当にお世話になりました。先生は敏行のよき理解者でした。先生のおっしゃることは素直に聞き、前向きに治療を頑張れたと思います。4月頃がん細胞と抗がん剤の追いかけっこをしていた時、口内炎がひどく話すこともできなかった時、とうとう我慢できずに先生に涙し、私に涙した時も先生の励ましにどれだけ力がわいたかしれません。先生の顔を見るたびに、「いつ退院できるんだ～?」「退院したら泳がないから海でキャンプしてもいい?」「冬スキーは大丈夫だ?　俺ボードやりてんて！」と先生を困らせることばかり言っていました。治ると信じて疑わなかったから言えたのだと思います。「今年は海はムリだけど、冬スキーは大丈夫だよ！」。先生の言った言葉に張り合いを持って、すごく楽しそうに退院後の夢を膨らませていました。

張先生には、敏行は本当に大丈夫なのかと聞いた時、「お母さんがそんな弱気になってどうするの!? 絶対大丈夫だから、お母さんがあきらめてそんな顔をしていたらダメだよ！ 高野くんの前で絶対そんな顔したらダメだからね！」と泣きそうな私の顔を見て励ましていただきました。敏行を守れるのは私しかいないんだ！ 絶対、敏行を助けるんだ！ と力がわいてきました。

今井先生には、敏行がショック状態を起こした時に駆けつけてきていただき、泣いている私の肩を叩いて励ましていただきました。体力と若さでショック状態に勝った！ と話を聞いた時、敏行にはまだ体力が残っているんだ！ 底力がまだあるんだ！ 大丈夫だと自信が持てました。

広瀬先生には、１泊かけて敏行の〝命〟の骨髄を運んできていただき、本当にありがとうございました。無事手元に骨髄が届くまで不安で、広瀬先生が事故にあったらどうしよう、何かあったら敏行は死んでしまう、と恐怖感でいっぱいでした。無事、敏行の手元に〝命〟の骨髄が届き、ホッとしました。

1滴1滴、敏行に新しい命が注がれていく……ドナーの方に感謝の気持ちでいっぱいでした。1度は生着した心のこもったドナーの骨髄が、少しでも命をつないでくれました。ドナーの骨髄、ありがとう！　生まれ変わって42日間しか生きられませんでしたが、敏行の第2の誕生日、5月17日を大切な日にしていきたいと思います。本当にありがとうございました。

午後、石黒先生、看護師長さん、看護師の石川さんに見送られて病院を後にし、みんなが待っている家へと向かいました。車の中でずっと敏行の体をなでながら話しかけていました。「やっと家に帰れるよ。もう病院に戻ってこなくていいんだよ。楽になったね……本当によく頑張ったね。えらかったよ」

家に着いたら大勢の人が、敏行を迎えてくれました。トムくんに連絡したら、「エッ!?　嘘！　嘘だろう？　昨日あんなに元気だったのに……」と、信じられない様子でした。間もなくして中学時代の仲間が大勢集まり、家に入りきれず外で待ってくれていました。昨日会いに来た仲間は、とにかく信じられない様子でした。私は敏行から離れることができず、ずっと傍らについていました。祥子も律子もずっと敏行のほほをなでていました。夜、敏行を挟んで、兄妹三人仲良く川の字で横になりました。最初で最後になってしまったけど、祥子も律子も絶対今日のお兄ちゃんのことは忘れないよ！　私が

3カ月間家を留守にしていたため、義母、祥子、律子には本当に苦労をかけました。感謝しています。とくに律子は小学校卒業、中学入学と大切な行事があったにもかかわらず、愚痴も言わずによく我慢をしてくれたと思います。お母さんがいない間いろいろ頑張ってくれてありがとう。

6月29日（水）お通夜

法華宗の葬儀では通常、棺《ひつぎ》に赤いきれいな布が掛かっていますが、その赤い布が外され、代わりに棺に仲間たちからのメッセージが、すき間なくビッシリ書かれました。

「向こうで待っててくれよ！　最高のマブダチトッスィー」「向こうでまたバスケやろうぜ！　飲みもやってはっちゃけようぜ！　俺たちが行くまでゆっくり休んでてくれ」「天国でもトッシーパワーで仲間をいっぱいつくってね！」「会えるのが楽しみ！」

　祭壇には愛用していたベース、ヘルメット、ゴーグル、バスケの練習着、バスケットボール、中・高の応援団の衣装、仲間からの応援の手紙、記憶障害のリハビリのために震える手で書いたノート、キーボード、お気に入りのジャンパーが飾られ、斎場入り口には子供の頃からの写真がフォトギャラリーのように並べられました。そう狭くない斎場が敏行の仲間で埋め尽くされました。座ることができず、入り口ギリギリまでの人、人、人……４００人以上の弔問客で3分の2は敏行の仲間の数でした。予想をはるかに上回る弔問客でした。敏行がこんなに愛されていて、これだけの人を集める力があったのかと思ったら、敏行を誇らしく思いました。敏行が通うはずだった、国際メディカル専門学校看護学科の小薬先生、渡辺先生、敏行の同級生になるはずだったクラスメイト、1期生の先輩方が大きな大きな抱えきれないほどの花束を二つ、敏行の棺の上に置いてくれました。初めて会った同級生がこんなかたちでの対面になりましたが、みなさん敏行に涙してくれました。担任の渡辺先生が大切なクラスの一員として敏行の話をしてくださっていたお陰です。ありがとうございました。看護学科主任の小薬先生が、「本当に悔しくて仕方がありません。敏行くんが学校に来てくれたら、きっとこの看護学科は変わりました。敏行くんが変えてくれる！　今まで以上に素晴らしい看護師にみながなれる！　敏行くんが来るのを楽しみに、心待ちにしていました」とおっしゃいました。嬉しさの反面、悔しさもありましたが、敏行を必要としていただいたことが嬉しかったです。ありがとうございました。仲間の弔辞でも敏行がいたから楽しかったと言っていただきました。本当にありがとう。

　敏行をみなが囲んでくれて、最後まで一人でいることがなく仲間の輪の中にいました。敏行、一人ぼっちじゃないよ！　みんなの心の中に敏行は生き続けるよ！　敏行はみなさんにこれだけ愛されていて、幸せだったと思います。一生分の友達をつくって、一生分の辛さを味わって、すばやく駆け抜けていったのだと思います。

6月30日（木）告別式

告別式の朝、仲間の純くんが1通の手紙を持ってきてくれました。

「友達から預かってきました。棺に入れて欲しいと言ってたので、トッシーに持たせてあげてください」

　便せん何枚にも書いたらしく、厚みのある封筒でした。敏行の代わりに読ませていただきました。以前、敏行とお付き合いのあったナミさんからでした。昨日のお通夜のときにナミさんを見かけ、敏行の言った言葉を伝えないといけない！　と思い、「敏行、ナミちゃんをふったこと後悔してたみたいだよ。ナミだったら俺のこと見捨てたりしなかったかなぁ～？　退院するまで俺を支えて励ましたくれたかなぁ～？」と言っていたことを伝えたら、ぼろぼろ泣いて、「トシートシー……」と名前を呼び続けていました。そして今日、手紙を棺に入れてほしい、と。敏行にはっきり聞こえるように手紙をみなさんの前で読みました。みなさんからの献花と、それぞれの思い出の品を棺に入れていただきました。昨日から書いてもらっている棺のメッセージはビッシリ埋め尽くされ、敏行はみなさんの思いをたくさん持って天国に旅立つことができます。

　出棺の時に、敏行が中学の合唱コンクールで伴奏した曲『マイバラード』を歌ってもらいました。敏行のピアノが聴こえてくるようでした。焼かれて骨になった敏行は、胸の中にスッポリ抱かれるくらいの大きさになっていました。でも……とても重かったです。その骨壺の中の敏行の指の骨の上に、ナミさんとのペアリングを置いてあげました。

　それぞれ進学した先から仲間が駆けつけてきてくれました。テストの真っ最中なのにテストを受けないで駆けつけてきてくれた人がいたと聞きました。本当にありがとうございました。東京、福島、軽井沢、横浜、千葉、埼玉、茨城、群馬……方々に散っていった仲間が、敏行のためにすぐに駆けつけてくれました。本当にありがとうございました。感謝しています。みなさんが口々に、こんな悲しい感動的なお葬式は見たことがない、と言いました。後ろも前も……どこを見ても仲間が泣いている。女の子は倒れるのではないかと思うくらい号泣していました。本当にそのとおりだと思いました。礼服姿が痛々しかったです。彼らにはまだまだ用のない礼服。親のものを借りたのか、急きょ買いに走ったのか……。まだ18歳、19歳の礼服姿は、とても悲しいものがありました。

中学時代の恩師　板垣先生の弔辞

敏行君。次に会えるのはいつかなと楽しみにしていましたが、まさかこんなかたちで再会するとは思ってもいませんでした。とても残念です。話ができるのも今日が最後なので、いつものように「とっすぃ」と呼ばせてください。とっすぃが1年生だった冬、足を折ってしまい、家までおくる車の中での会話覚えていますか？　「とっすぃはケガをしちゃったけど、大勢の人が男子も女子も関係なく優しくしてくれるよね。それはとっすぃに人望があるからなんだよ」と俺が言うと、とっすぃは「人望って何ですか？」と聞きました。「人に優しくできるから、周りに自然と人が集まることを人望っていうんだよ」と答えると、「俺にそんなのあるかなぁ」と考えこんでいましたよね。でも俺があの時言ったことは本当だったろ。昨日も今日もこんなにたくさん人が来てくれたろう。それはやっぱりとっすぃに人望があるからなんだよ。とっすぃの優しさ、とっすぃの笑顔、とっすぃの困った顔、とっすぃのがんばり屋なところ、みんなとっすぃのことが大好きでした。5月に移植があるのでがんばります、というメール大事に取ってあります。10カ月間苦しかったたろ。本当にお疲れさま。天国に旅立つとっすぃにこの言葉を贈ります。

"Death ends life not relationship"
人の死は命を終わらせるが、人と人とのつながりは終わらないという意味です。とっすぃと知り合えて本当によかったよ。とっすぃの分まで精いっぱい生きるから、安心してください。さようなら。大好きなとっすぃへ

板垣より

友達の弔辞

トッシーが元気な姿で帰ってくると信じていた矢先、突然このようなことになってしまい、残念でなんと言っていいか分かりません。若中時代トッシーはいつも何をする時でも、先頭になって僕たちを引っぱっていってくれたおかげで、若中は他の学校の人たちからもうらやましがられるくらい仲の良い学校でした。体育祭では赤軍団長となって赤軍を引っぱっていってくれました。若中を卒業してからもトッシーが、「集まろうぜ」と声をかけ、いつも大勢集まっていました。トッシーは永遠の親分でトッシーがいなかったら、僕たちにはこんないい友情が育たなかったと思います。高校では一緒にバスケ部に入って3年間頑張ってきました。そしてトッシーは同じクラスの人とも仲が良く、本当にみんなから好かれ

てうらやましいくらいでした。今思うと、僕たちの何倍も何千倍も一生懸命生きて僕たちの先になって駆け抜けてしまったような気がします。トッシーから教えてもらったことは多く、そのことを胸にしまい、精いっぱい頑張っていこうと思います。トッシーのことは一生忘れません。安らかにお眠りください。

友人代表　中名林裕二

友達の弔辞

あまりにも突然で早すぎるお別れに、いまだにこの状況がよくのみ込めません。夏に退院したらみんなでパァ～っと遊ぼうね！　と話していた時の笑顔が今でも鮮明に思い出されます。とっすぃー、クラス委員や体育祭などで共に取り組んだこともたくさんあって数えきれないほどの思い出が浮かんでくるよ。中でも、中学最後の体育祭ではいろんな苦難と喜びがあったね。とっすぃーが団長だったからこそみんな一生懸命になれたし、一つになれたと思うんだ。みんなを一生懸命にさせる力や周りの人を楽しませる力があるよ。楽しいことが好きだったとっすぃーは、みなさまが悲しそうに毎日を過ごしているのを見るのは辛いのではないでしょうか。とっすぃーは私たちの心の中に生きています。私は人が本当に亡くなるのは周りの人に忘れられた時だと思います。私は決して忘れません。みなさまも同じだと思います。ここにいるみなさまがいる限り、とっすぃーは心の中で生き続けるでしょう。私はとっすぃーに出会えて本当によかった。たくさんの思い出、かけがえのないものをありがとう。生まれ変わってもみんなでまた会いたいね。みんなとっすぃーのこと大好きだし、これからもずっと最高の仲間だよ。またみんなで集まれる日をとっても楽しみにしています。

友人代表　川崎理江子

友達の弔辞

トシと出会って3年。短いようだけどすっげぇ濃い3年間だったな。今でもトシが笑った顔、放課後体育館に残って頑張って自主練をしている姿、バスケで負けた時の悔しい顔、バンドで演奏した時の楽しそうな表情、ハッキリと思い出せます。トシ、約束したよな。病気が治ったら、またみんなで酒飲んでバカ騒ぎしようって。これから何年たっても1年に1回はみんなで集まってバスケしようって、約束したよな！　俺たちも人間だからいつかは死ぬけど、その時はまた一緒にバスケして、酒飲んでバカ騒ぎしような。それまでおまえはちょっと休んでろ。

トシ、今までありがとう。トシのことは絶対忘れないから安心してください。俺たちのことを見守っていてください。

友人代表　小柳拓也

6月29日　天国にいるトシへ

ナミだよ。とっても久しぶりだね。昨年の夏だったね、最後に会ったのは。振られた私はそれでもトシをあきらめきれずに再アタックして見事玉砕。それからも私はあなたが好きだったのでした。ウチが坪谷くんにアド聞いたのも、トシ、あなたとつながっていたかったから。8月31日に入院したのを知った。その時ウチ、トシを助けたいと思ったの。私がドナーになって助けてやるよ、とか勝手に思ってました。トシに彼女ができたって聞いた時、切なかったさぁ。でもね、トシが幸せならそれでいいと思ったの。私の詩を読んでくれないかなぁ。

「あなたが辛いときに私が助けてあげたかった。私が辛いときにあなたに助けてほしかった。最後に会ったのは昨年の夏。楽しかった想い出が一杯。今年の夏あなたは死んだ」

私が彼女だったらチョー幸せにしてやるのにって言って別れて……でもあなたのことを、男として人間として本当にほんとうに大好きだったのよ。今日、6月29日はトシのお通夜でね、トシのお母さんが私に気づいてくれたのよ。トシ（別れたことを）後悔したみたい……ナミちゃんだったら見捨てたりしなかっただろうってそんなふうなこと聞いたよ、本当？　トシママに、あんないい子ふるなんてもったいないって言われたっての聞いたのよ。そう思ってくれたら嬉しくて嬉しくて嬉しくて嬉しすぎたよ。リスを見た。映画を見た。ご飯を食べた。お家に行った。キスをした。手をつないでくれた。チャリニケツしてくれた。指輪をくれた。沖縄土産をくれた。家に泊まって怒られた。手紙をくれた。クッキー作ってくれた。好きだって言ってくれた。バスケ姿を見に行った。飲みをした。ギター弾いてくれた。ピアノ聴かせてくれた。電車でチュッってしてきた。2年参り行った。もんじゃ行った。カラオケ行った。『パイレーツ・オブ・カリビアン』のビデオを一緒に見た。加茂駅見るといつも迎えに来てくれたあなたを探すの。今日はあなたのくれたネックレスをしたの。指輪もするの。ぬいぐるみ一生大切にする。トシママのプーさんも飾っとく。写メもムービーもある。友達にトシの自慢してもいい？　カッコいいでしょって。トシの手紙は取っとくよ。私の手紙は2通目だよ。取っといてあんのかねぇ〜？　シールはどうしたんかねぇ〜？　ふられた時、胸をナイフでグサグサって感じだった。眠れんかった。別れたこと後悔したんならメールしてほしかったな、バカ……。お見舞い行ってあげんでごめんね。行きたかったけど、変な意地張って……。…語りまくってしまったけど、トシのお話も聞きたいな。夢でなら会って話せるかな？　病気どんなに辛かったのかなぁ？　私には分からないくらいかなぁ？　とにかく闘病生活お疲れさま。トシは勝ったんだと私は思う。顔ちょっと変わっててビックリしたけどトシだった、久々のトシでした。目を閉じたトシは眠っているようでした。好きでした。好きです……トシが好きです。トシの分も幸せになるよ。精いっぱい生きる。忘れない、一生忘れない。だから見守ってて。みんなに愛されていた高野敏行。ぶっちゃけると高野奈美になりたかった。そんくらい好き。トシ、楽しい思い出ありがとう。天国でもみんなの人気者でいてね。私が天国行く日まで見守ってて。笑顔でさようなら。トシ、バイバイ。

奈美

第六章

敏行が結んでくれた縁

高校の美術選択授業で描いた
タイトル　「ちょっと変わった自画像」

一周忌　追悼コンサート

平成18年6月4日（日）「敏行をしのぶ会・追悼コンサート」と名を変えて一周忌をとり行いました。天気に恵まれ午前中に納骨を行い、お寺の本堂は１００人くらいの参列者でいっぱいになり、時間が許す限りみなさんから納骨をしていただきました。

その後、産業センター大ホールに移り、追悼コンサートが開かれました。会場には遺品のバスケのユニホーム、応援団の衣装、バイク、ステージには遺影を飾り、演奏者に敏行のピアノで弾いてもらおうと、4歳から弾いていた我が家の、敏行のピアノを持ち込みました。コンサートを始める前に恩師の方から敏行の思い出や、バスケ部のキャプテンから敏行のエピソードを紹介していただき、主治医だった石黒先生からの心のこもったメッセージも読み上げられました。最後に、敏行の赤ちゃんの頃から亡くなる前の日まで撮影した思い出ビデオを上演しました。追悼コンサートでは、敏行のバンドのＷＡＣＫ―Ｃ のメンバーが敏行のために追悼曲を作ってくれました。ドラムだった中名林くんが敏行の愛用していたベースで弾くことになり、代わりに紅一点のアミさんがドラムを担当。敏行に届くようにと頑張って演奏してくれました。

「……会えない辛さ　会いたい気持ち　忘れないために　この歌を歌う……僕たちは嫌

でも明日を迎えるが　忘れないために　この歌を歌う……互いの道は違うから君に向けてこの歌を歌う……」

　敏行だけに捧げる、とても素晴らしい歌詞で、敏行もこんなふうに演奏していたんだなと思ったら、胸が熱くなって涙が止まりませんでした。アンコールがかかり、敏行との思い出の曲を全部で4曲演奏してくれました。敏行が病室で亡くなる前の日までリハビリのために、毎日一生懸命震える手でキーボードを弾いていた、〝Summer〟を妹の律子がお兄ちゃんの代わりに立派に弾いてくれました。敏行が一時退院の時にピアノ教室で最後に弾いたＨＹの〝AM11:00〟も生ピアノ&バンドで演奏してくれました。お父さんは「おじんバンド」で仲間数人と敏行のおじを加えて、二十数年ぶりにエレキと格闘して、敏行とかたちは違うけど、お父さんも頑張りました。

　敏行が入院中、東京のダンスの専門学校に通っているサワさんからメールが来て「11月にミュージカルに出るから観に来て！」と言われ、敏行も「その頃は俺も復活しているから必ず観に行く！」と約束したのですが、それはかなえられませんでした。サワさんはコンサートで見事なダンスを披露してくれました。親戚のおじさん、神田さんのギターの弾き語り、ブラスバンド、元若宮中合唱団、ピアノ講師二人による連弾、伴奏を取り合った夏美さんのピアノ演奏。コカリナ演奏による母の書いた詩の朗読、このコンサートに賛同してくださった岡田バンドのみなさん。みなさん敏行にゆかりのある曲を演奏していただき、とても素晴らしく感動しました。この追悼コンサートに出席してくださった人は２５０人にもなり、産業センター大ホールが埋め尽くされました。

「大好きな音楽、大好きな仲間に囲まれ、みんなで敏行と一緒に生前のように騒いでもらい、どこにもないような、みなさまの心に残る一生の思い出となるコンサートをつくりたい。そして、敏行にたずさわっていただいたみなさんにありがとうと言いたい」

「みんなの輪の中、同じ空気の中に『高野敏行』がいたことを忘れてほしくない」

　敏行を忘れてほしくない一心でコンサートを実現させました。みなさんの心から忘れることのできないすばらしい最高の一周忌にしてあげたい。にぎやかで楽しいことが好きだった敏行には、この一周忌は最高の供養になったと思います。今思えば、私たちが何カ月もかけて追悼コンサートの準備に追われ、たくさんの方の協力をいただき、無事に終了し大成功を収められたのは、敏行が私たちを動かしていたからだと思います。敏行はみんなとコンサートをしたかったのでしょう。敏行が大勢の方と縁を結んでくれたのだと思っています。

国際メディカル専門学校看護学科　戴帽式

　平成18年5月12日に看護学科2期生の戴帽式《たいぼうしき》に夫婦そろって来賓《らいひん》として出席させていただきました。敏行が来るのをみなさんで楽しみに待っていたと聞いた時に、このままこの学校と縁が切れるのが寂しく、敏行の学年が卒業するまではこの学校とかかわっていたい、敏行も一緒に卒業させてほしい、そう思い、看護学科のみなさんのために使ってほしい、とわずかな額ですが寄付をしました。後日、看護学科になくてはならないナイチンゲールの像を買わせていただいたとお話があった時、看護学科のみなさんにピッタリのものに使ってもらえ、とても嬉しかったです。

　戴帽式で「キャンドルサービス」という、ナイチンゲールの像から看護のともし火、看護の意志、看護の心を受け継ぐ儀式がありました。一人一人、ナイチンゲールのともしたロウソクの火から自分の持っているロウソクにともし火を受け継ぎ、看護への意志を新たなものにするのです。寄贈させていただいたナイチンゲールの像が敏行に思えて、敏行がかなえられなかった看護師の夢、敏行の意思をみなさんがしっかり受け継いでくれたように思えて、涙があふれてきました。ナイチンゲールの意志、敏行の意思がずっと薄れることなく、みなさんに受け継がれたと信じています。敏行が亡くなった後も看護学科副校長の池井先生、看護学科主任の小薬先生、敏行の担任の渡辺先生、三人の先生方には私の気持ちを理解し励ましていただき本当に感謝しております。今も小薬先生、渡辺先生とは交流を持たせていただいています。敏行のクラスメイトの山本さんは少し前にご主人を白血病で亡くされ、そのことをきっかけに看護師を目指していると話を伺い、この人だったら私の気持ちを分かってもらえると思い、先生を通じてお会いしたのをきっかけに、今も仲良くさせていただいています。これも敏行が巡り合わせてくれた縁だと思っています。

「あおぞらの会」

敏行が亡くなってから外に出て人に会うのが嫌で、一歩も外へ出られず人を避けていた私に、主人が新聞の切り抜きを見せ、「行ってきたらどうだ」と言ってくれたのが、「あおぞらの会」という子供を亡くした親の遺族会でした。ここなら私の気持ちを分かってくれる人がいると思い、参加させていただきました。会場に一歩入った時に空気が違うのが分かりました。お子さんの亡くなり方はそれぞれ違いましたが、同じ痛みを持つ方ばかりで、自己紹介の時にここなら私の気持ちが分かってもらえるという安心感なのか、話ができないくらい号泣してしまいました。その時にかけていただいた言葉が、「ここでしか泣けないいんだから、思いきり泣いてもいいんだよ」。その言葉がすごく温かくて、思いきり泣いてたくさん敏行の話をしてきました。その会の代表が原さんという方で、親身に私の話を聞いていただき、励ましてくださったことでどんなに救われたかしれません。ここの会のみなさんは、たくさん辛いことを乗り越えて今、明るく前向きに過ごされています。私も早くこの方たちのようになりたい！　同じように子を亡くした方を励ます側になりたいと強く感じました。

敏行が結び付けてくれる輪が今もどんどん広がっています。敏行が結んでくれた縁を大切にしていきたいと思います。

健康な心

国際メディカル専門学校の入試の小論文のテーマが「心の健康」でした。敏行が書いた文章で「自分を心配してくれる、支えてくれる人達がいるということを実感できることが、心の健康にとって必要なのではないか。自分は病気を通して両親、友人からそれを実感している」と書いていました。それを読んだ渡辺先生から、「看護師という職業は、患者さんから多くのことを学ぶ仕事です。敏行くんが感じたことは、看護師の仕事を通じて感じることそのものなのです。このことがわかる敏行くんのような人に、ぜひ看護師になってほしかった」との言葉をいただきました。

闘病中何もしてやることができず、痛いと言えばさすってあげ、励まし勇気づけることしかできず、ただそばにいるだけだったことを悔やんでいたのですが、敏行のこの文章を聞いた時、少しでも敏行の支えになれたのだと思ったら、嬉しくて救われたような気がしました。敏行は最期まで、治る！　と、夏には退院して海に行くことを張り合いに頑張り、誰も恨むこともなく、悲観し嘆くこともなく、治ることだけを信じ、常に冷静に前向きに病気と闘って、頑張って頑張って頑張り通し、体は病魔にむしばまれていましたが、敏行の心は誰にも負けないくらい健康な心でした。きれいな純粋な心のままでした。敏行は最期まで意識をしっかり持って闘い抜きました。敏行は白血病になんて負けていません。がん細胞を封じ込め、白血病に勝ったと私は思います。敏行にたずさわっていただいたみなさんに心から感謝いたします。本当にありがとうございました。

　そして敏行を支え、励まし、応援してくれたみなさん。看護学生のみなさん。看護師、看護にたずさわるすべての介護者の方々に敏行のメッセージを伝えたいと思います。

そして丸四年の歳月が過ぎ

波乱の幕開け

二〇〇五年六月に敏行が亡くなって丸、四年が過ぎました。もう四年が過ぎたのか……。とっても月日が経つのが早く感じました。四年の間に様々な出来事がありました。
そして三年前、『俺、マジダメかも知れない…』を出版するに当たって大変な出来事が起きました。前回書くことができなかった出来事……。

ある出版社で校正も終え、後は印刷をして納本の予定でした。納本されるのを指折り数えて楽しみに待っていました。その出版社が、予想もしていなかった事態に…… 倒産！ 連日、ニュースで取り上げられていました。

実は、出版報告会を開くにあたって、イベントを考えていました。もう中止することが出来ない状態でした。敏行の全て、私の全てが否定されたようでとても辛く、平常心ではいられませんでした。

私は、どうしていいのかわからず、取りあえず担当の編集者の方に連絡を入れ、「データーを全て返してほしい」と伝えたところ、「ちゃんと保管してあります」と、言ったきり連絡がつかなくなりました。私は、「敏行の生きた証を残そう。敏行の思い、私の思いを全て文字として残そう」。ただその思いでいっぱいでした。

ブログで倒産のいきさつ、私の思いを書いたところ、読んで下さった方が、JPS出版局の高石左京さん（通称、ご隠居さん）を紹介して下さいました。

深夜にも関わらず助けを求めました。

「どうか、私を救ってください。見捨てないでください」

「敏行の全てをどうしても一冊の中に閉じ込めたいんです。そうしないと先に進めない私がいます。どうか、どうか、お力を貸してください」

敏行の全て、私の全てが詰まった本。敏行の生きた証の本。

倒産の陰で、消えそうになっていた本をよみがえらせてくれ、私を救って下さったのが、高石さんたちネット仲間でした。

長女祥子の結婚・素敵な贈り物

平成一九年七月一六日に、三人兄妹の真ん中、長女祥子の結婚式が決まり、我が家にお婿さんに来てくれることになりました。私と主人は、本当に嬉しく、感謝の気持ちでいっぱいでした。

結婚式当日は忘れもしない、新潟県中越沖地震のあった日でした。新潟でマグニチュード六・八。最大震度六強。加茂市でも震度五弱。県内で死者一五名を出した大きな地震でした。私は慌てて、「火消して！」って叫んでいました。それからしばらく揺れ、時計が落ちてきたりしてこれは危険だと察し、とっさに敏行の遺影、お位牌を持って外へ逃げました。

どんな時でも忘れてはならない敏行のお位牌。私は、常日頃から子供たちに「火事だけは出さないでね。生きている私たちは、これからもいろいろ残せるものができるけど、お兄ちゃんのものは、これから二度と作りだせない想い出がたくさんあるから。お兄ちゃんのものが全て燃えて無くなってしまうと、お母さんは辛い……」といつも言っていました。

結婚式は午後からだけど、はたして式を挙げることができるのだろうか？　遠くから来る人たちの電車は動いているのだろうか？　とっても不安になり、式場に問い合わせようとしたとき、ちょうど電話が鳴りました。結婚式場の担当の方でした。

「皆さんお怪我はありませんか？　こちらに来ることはできますか？　今日の挙式は予定通り行ないますが……」

誰も怪我人はいないし、大丈夫だと告げました。予定通り式はできると知り、安心して挙式会場に向かいました。

私も江戸褄を着て支度を整え、胸に敏行の写真を忍ばせて……。

皆さん徐々に集まってくれて、挙式時間も迫りホールに集まっているときに、また大きな余震。挙式会場のスタッフの誘導のもと、外へ避難しましたが、会場内でグラスが落ちてガシャンガシャン割れる音が聞こえてきました。

新郎新婦は出てこないけど、大丈夫なのか？　不安を感じましたが揺れもすぐに収まり挙式スタート。式の最中は余震もなく、天気に恵まれ無事式を挙げることができました。

皆さん、「怪我人が出なくて良かったね」「これは、一生忘れることのできない式になったね」と、口々に話しておられました。

新潟県三条市にある挙式会場『ピアザ デッレ グラツィエ』のスタッフの方に、想像していなかった親切を受け、大変うれしい思いをしました。

敏行の写真を額に入れ、祥子が良く見えるようにとテーブルの上に置いておきました。

「この方は……？」

「亡くなった息子で、新婦の兄です」

と答えたら、

「そうですか。お兄さんにもお祝いしていただかないと……」

　すぐに敏行のためにグラスを用意してくれて、「おめでとうございます」と素敵な笑顔でワインを注いでくれました。暖かい気配りがとっても嬉しかったです。

　本当にとんでもない日になってしまいましたが、とっても素晴らしい心に残る式を挙げることができました。


　間もなくして、私たち夫婦のもとにとっても素敵な贈り物が舞い込んできました。

　平成一九年一一月二〇日、孫の長男耕輔誕生！　なんとママ（祥子）と同じ誕生日！

　平成二〇年五月一五日、次男峻輔誕生！

　二か月早い早産で、帝王切開での出産になりましたが、とっても元気に育ってくれました。今では、耕輔二歳。峻輔九カ月。大おじいちゃん、大おばあちゃんもひ孫二人を張りあいに元気に過ごしています。高野家は九人家族となりました。　とっても賑やかに楽しく過ごしています。

孫二人の誕生はとっても嬉しくて、可愛くて、愛おしくて……。ママとパパありがとう。最高のプレゼントをいただきました。

孫二人に、いつも敏行の影を追いかけています。敏行みたいにスポーツさせて、音楽に興味を持ってくれたらいいなぁ～　など夢を膨らませています。私たちの子どもじゃないことを肝に銘じておかなければなりませんが……。

孫たちが敏行が生きた一八年の歳月を追い越し、見ることができなかった敏行の大人の姿を、孫たちの成長に重ねて見ることが今の一番の楽しみです。

いつも賑やかな事が大好きだった敏行からの最高の贈り物です。

ドナー体験・骨髄提供

敏行が亡くなり、敏行に骨髄を提供してくれた方がどこの誰だか全くわからない状況の下で、見ず知らずのドナーさんに恩返しがしたい一心で、ドナー登録をしました。少し遅れて主人も、ドナー登録をしてきました。登録をするにあたって何のためらいもありませんでした。

白血病のことを何も知らず、ただ、不治の病・血液のがん・出血が止まらない・あざができる・髪が抜け落ちる・骨髄移植をする、こんなことしか知らず、誰かに話を聞きたくても、周りに白血病の方はいないから話も聞くことができませんでした。

白血病のことを本で見たり、ネットで調べたり、骨髄バンクに患者登録をしたときにいろいろと送られてきた資料を見ることしかできませんでした。

どの資料にも今は治る病気とされているけど、どこを見ても確率の数字が低いのです。まだまだ難しい病気だということを示していました。

自分なりにいろいろ調べて、骨髄移植のことを少しは理解することができました。白血病という、骨髄を必要としている病気のことは、ずっと敏行のそばで見ていて、理解しているつもりでいます。

適合通知が来る

早く、ドナー適合通知が来ないかと、常に頭の片隅に入れて毎日を過ごしていました。

ある日、いつも骨髄バンクから来る封筒と違って、オレンジ色の大封筒で、封筒の表に「大切なお知らせです。至急開封してください」「重要　親展」と書いてあります。

それでもわからず、何だろうと封を開けたら、『骨髄ドナーコーディネートのお知らせ』と書いてありました。

本当にびっくりしました。それと同時に、やっときた！　喜びに代わっていきました。

主人にもすぐ伝えたら、やっぱりびっくりしていましたが、「本当か？　良かったねっか！」と、とても喜んでくれ、私には骨髄提供に対して家族の同意も得られているし、何の問題もありませんでした。

きっと今ごろ患者さんは、適合者何人いましたって知らされているんだろうな〜　って思ったら、患者さんの気持ちが痛いほどわかって、きっとこれで生きられる！　先の見えない不安から、生きていける！　って希望を持って白血病を克服するための治療に臨むことができるんだろうな〜　そんな風に敏行と重ね合わせていました。

実際、ドナー候補に挙がった人には、あなたのほかに何名候補がいますよって言うことは教えてもらえません。もし、あなた一人ですって言われたら、すごくプレッシャーだし、断わることができなくなってしまって、自分の意思で同意したことにはならなくなるから、一切何人いるのかは教えてもらえません。私一人ってことも十分に考えられます。

送られてきた書類の中に問診が事細かに書いてあり、すべて記入して、提供する意思があると書き込み返信しました。後日、患者さんは、迅速コースを希望していることと、担当コーディネーターが決まったという連絡が来ました。

それでも気になっていたのは、ちょうど祥子の次男のお産と重なっていたことです。

どうしたらいいのか……　祥子に相談したら、「いいよ！　大丈夫だよ。なんとかなるでしょう！」。その一言が、とっても嬉しかったです。

ドナーを待っている患者の気持ち、骨髄を提供するドナーの気持ち。両方経験させてもらえることにちょっと複雑な思いでしたが、きっと敏行が私にやらせているんだな、「お母さん、どっちも経験して、みんなに伝えてよ！」って言われているような気がしました。そして、生まれてくる命と同じ時期に私が救えるかも知れない命。こんな貴重な経験をさせてもらえるのは、生涯無いことかもしれない。私に与えられた使命なのかなって……。

私の担当コーディネーターさんは、本当に親身になってくれてとってもいい方でした。移植について良く知っているといっても、やっぱり何度話を聞いてもすごいことなんだなと思いました。医者でもない私のような一般の主婦が、人の命を救うことができるかも知れない。本当にすごいことです。

コーディネートが順調に進んで、確認検査の結果がきたときに、幾種類もの項目をすべてクリア！　骨髄バンクの示す基準は、問題はありませんでした。たくさんの数の項目の検査結果の報告が書いてありました。改めてこの結果をみるとドナーは本当に健康な方じゃないとできないんだなぁ～って思いました。

後は、担当医師が私を選んでくれるかどうかで決まります。

最終ドナーに選ばれる

数日が経過して、私のもとに嬉しい封書が届きました。「このたび貴方様は最終的なドナー候補者に選ばれました」と記したものが届きました。

調整医師・コーディネーター・立会人・私たち夫婦の五人での面談で、骨髄採取最終同意書に判を押しました。この時点でもう取り消しはききません。そして私は一ヵ月半くらい、緊張して日々を過ごすことになりました。

この時、妊娠したような感覚でした。私一人の体じゃない。患者さんは移植のために自分の骨髄を破壊して、自分では血液が作れない体になってしまうのに、私が風邪をひいたら大変！　患者さんのために薬を飲めない、怪我もできない、病気や交通事故にあったら患者さんが死んでしまう。もし、私に何かあったら……。本当に毎日毎日緊張の日々でした。

とにかく、患者さんにとっては、白血病を治す第一歩としての骨髄移植。移植後どんなことが起きるか全くわからないけど、移植をしなければ命をつなぐことができません。先へは進めません。私は患者さんが生きるための、ほんの少しのお手伝いができることが本当に嬉しく、骨髄採取の日がとっても待ち遠しかったです。

自己血採取

骨髄を採取すると骨髄に混じって血液も採取してしまうため、貧血の予防に一番安全な自分の血液を採取して保存（貯血）しておくのですが、私の場合二〇〇ccと四〇〇ccの二回に分けて採取しました。

採取した二〇〇ccの血液の入ったパックを持たせていただきました。手の平に収まって思っていたよりずっしりと重かったです。この血液が人間の生きる源で、全身に酸素を送って臓器を生かしてくれているんだな～って。そんな思いで自分の血液を見ていました。

ドナー入院　骨髄採取

それから間もなくして、三泊四日のドナー入院。全身麻酔がちょっと心配でしたが手術室にも元気に歩いて行って、主人、コーディネーターの方と手術室入り口で元気に手を振って、手術室に入っていきました。

何度も名前を確認されてしつこいくらいでしたが、間違いがあってはならないし、すごく慎重でした。メインの手術台ではなく別のベッドに仰向けに寝かされ、点滴の注射と同時に血圧計が腕に巻かれました。それからすぐに「眠くなりますよ」って言われて、本当にその後は覚えていません。昔テレビでよく見た、数をかぞえるってことはしないんですね。かぞえる間もなく眠ったようです。

全身麻酔だと呼吸が浅くなるそうで呼吸の手助けをするために管を入れ、おしっこの管も入り、心電図も付けられるのですが、眠っているのでまったくわかりません。お尻のちょっと上の腰の骨から骨髄液を九〇〇cc採取しました。

いつの間にかうつ伏せにされていて、声を掛けられたときは終わっていました。もう終わったの？　って感じで、すごく早かったです。残念ながら敏行の夢を見ることができなかったです。でも、とってもにぎやかで明るくて、楽しいところで遊んでいた夢を見ました。

麻酔が覚めかけたとき、何か言ったらしいのですが、よく覚えていません。お父さんが、目をつむったままピースサインをしている写真を撮ったそうです。

エコノミー症候群にならないように、両足のふくらはぎを圧迫する機械を二四時間付けて、丸一日寝たきり状態でしたが、何とか乗り切りました。一日たったらおしっこの管、点滴、足の機械も外れて晴れて自由に！

傷口も思ったほど痛くありませんでした。この骨髄提供は若い方のほうが、本当に回復がすごく早いと実感しました。二〇代の若い方は退院したその足で職場に復帰すると聞きました。私はちょっと静養をしましたけど……。

骨髄を採取したその日の夜に何の処理もしないで、私から採った九〇〇ccの骨髄をそのまま患者さんに移植されたそうです。同じ血液型だからできるのですよね。

なんともいえない達成感と充実感で満ち溢れていました。患者さんに注がれた九〇〇ccの骨髄。「どうか、患者さんに根付いて元気な血液を作り出してください」と、ずっと祈り続けていました。

後日先生から、「患者さんは涙を流してドナーさんに感謝をしていたそうです」と、お聞きしました。こちらこそ、ほんの少し生きるためのお手伝いをすることができて感謝の気持ちでいっぱいです。きっと敏行が、「お母さん、俺の代わりにがんばってね！」って言っているように思いました。

骨髄提供をして数日がたって、医者でもない私が人の命を救うことができる、生きるためのほんの少しのお手伝いをすることができる、本当に今になってすごいことをしたんだな～って思います。

人生観が変わるほどの出来事でした。自分を誇りに思うし、命というものを前にすると悩みが本当にちっぽけな物に思えてきます。気持ちが大きくなる気がします。
患者がドナーを待つ気持ち。ドナーになって骨髄を提供する気持ち。どちらの気持ちも経験することができるなんてちょっと複雑な気持ちですが、本当に貴重な体験をさせていただきました。

私が講演活動、ボランティア活動を初めてすぐに適合通知が来たとき、きっと敏行が患者の思いと、ドナーになって命をつなぐことができることを、みんなに話して聞かせるようにって、私をドナーに選んでくれたんだと思います。骨髄提供までが私の与えられた使命なのかなって思っています。

移植ができれば助かるかもしれない命なのに、移植ができず亡くなっていく人、本人はもちろん家族もどんなに切なく辛いか……。地獄の苦しみです。救える命。救ってあげたいです。

実は敏行のときに調べてわかったのですが、律子も私と同じ白血球の型でした。まだ一七歳で登録できる年齢ではないのですが、一八歳になったら登録するつもりでいます。そうすると、もし私に二回目の適合通知がきたら、きっと若くて元気な人が優先で、私はコーディネート終了ってことにもなりかねません。やっぱり今回が最初で最後だったのかもしれません。

患者とドナーのカップル誕生は三例だそうです。（骨髄バンクが把握しているもので）二例は何かのシンポジュウムで偶然に巡り会い、もう一例は自力で探しだしたそうです。できたら、私も再会したいものですが、患者さんが涙を流してドナーに感謝していたって聞いたらそれだけで十分です。一生のうち一度でいいから人の役にたちたいって思っていました。今回こういった形で、役に立てたこと本当に感謝の気持ちでいっぱいです。骨髄を提供するに当たり、テレビ取材を受けました。骨髄を採取する病院、先生方の全面的な協力で、手術室での骨髄採取の様子を撮影することができました。

死んでから提供するのか？　どこの骨をとって移植するのか？　と、よく聞かれます。正しい知識と理解のためにも、取材を受けて本当に良かったと思っています。

今回、生きるためのほんのささやかなお手伝いができたことを心より感謝しています。

次へのステップ

平成二〇年十一月、加茂市で骨髄バンク説明会があったとき、ある骨髄バンクのボランティア団体の方にお会いしてきました。お電話をいただいて、私の本を読んでくださり、「ぜひ一緒に活動しませんか？」とお誘いを受けていました。

加茂市でイベントがあるのでそのときに、ぜひお会いしたいということで行ってきました。皆さんとても良い方ばかりで、手作りの小物を売って活動の資金にあてているそうです。私の出版した「俺、マジダメかもしれない…」も販売してくださいました。

この会の副会長（現、会長）で、丹後まみこさんという方がいらっしゃいます。

平成五年に白血病のため七歳で亡くなったお子さん、光祐君が、三ヶ月間だけ通った小学校で大事に育てていたアサガオを、お母さんのまみこさんが大切に育て続け、多くの小・中学校などに種を配られています。今では全国各地で光祐君のアサガオが花を咲かせています。

いろいろとお話をさせていただき、「敏行さんのことも、もっと輪が広がるように協力したい。絶対風化させてはいけないことだと思う」と言っていただきました。

白血病は血液の病気で、多くの輸血（赤血球・血小板）を必要とします。悪いところを取ってハイおしまいっていうわけにはいきません。がん細胞が血液に混じって全身をめぐっているのです。敏行も毎日毎日、その日を生きるために多くの輸血を必要としました。人の善意で生かされていると言っても過言ではありませんでした。

白血病の病気のこと、骨髄バンクの大切さ、献血の協力と理解。

いのちの大切さ、いのちは尊いもの。

だということを今の子たちに語り継いでいかないといけない。ぜひ協力をして欲しいと懇願され、こんな私で良かったらと『骨髄バンク命のアサガオにいがた』というボランティア団体にお世話になることになりました。こうして新しい出逢いが生まれ、私の出来ることだったらどんなことでも協力をしようと思います。

本を出版してから、本当に新しい出逢いが多くあり、とっても嬉しい思いをしています。そして、こうして立ち止まっているのではなく、講演会、骨髄バンクの活動など全く私とは縁のないことだと思っていたのに、次のステップへと私を導いてくださる方との出逢い、本当に感謝しています。

「あまりにも素敵な出逢いがたくさん身の周りにおこっていて怖いくらい」って友だちに言ったことがありました。「それはあなたが一生懸命に行動を起こしているから、自然についてくることなんだよ。閉じこもってじっとしていても幸せはめぐってこないよ」って言われました。

骨髄移植推進財団では、骨髄バンク『草の根語りべ』という事業を行なっています。私のように息子の闘病を通じて、骨髄バンクの必要性などを地道に語って広めていこうという事業です。その活動にどうしても参加してほしいと頼まれて考えていました。

当時は、講演会といってもまだまだ三回ぐらいしかしたことがありませんでした。そのたびに、どうしよう……　なに話そう……と怖気づいて、いざ本番はやっぱり声が震えて思うように話せない……。

でも、「敏行くんのことを風化させてはダメ！　みんなに命の重さ・尊さ・大切さを語っていこうよ。本も出した。敏行君が頑張って闘っている映像もある。母の思いがこんなに詰まっているＣＤも作った。こんなに相手にメッセージを伝えるものがあるんだから、話が苦手でも大丈夫！　やっていける！　私たちも応援するから！　生の飾らない母の気持ちを話せばいいよ」と言ってもらい、それなら……と一緒に活動させていただくことになりました。

主人も、一周忌の『追悼コンサート』を行なったとき、バンドを組んで演奏していた仲間たちも、解散することなく、骨髄バンク支援音楽隊としてあちこちのイベントで演奏しています。そして主人は、骨髄バンク地区普及広報委員として、バンクのＰＲ活動に力を入れています。

今、ボランティア活動を始めて一年が過ぎましたが、知らないことばかりで毎日が勉強です。

街頭で募金活動、チラシ配りを初めてやった時、皆さんに呼び掛けることができませんでした。何回か回を重ねるごとに、声を出すことができるようになってきましたが、まったく受け取ってもらえず、どうしてみんな関心がないのだろう……。と思ってみたりしました。でも、良く考えると、敏行が亡くなる前の私もそうだった……。

我が子を亡くす、かけがえのない大切な人を亡くすなど、自分の身に降りかかってきて初めていろんなことに気づくものなのかも知れません。そういう方たちを振り向かせるのは、本当に何度も何度も、繰り返し繰り返し、地道に活動することが大切なのだと新たに思いました。

今、講演活動は十回を超えました。昨年、山形県の『骨髄バンクを支援する山形の会』というボランティア団体が行なったイベント『ふれ愛企画展』で、トークをやらせていただきました。

会長の小野寺さんと交流を持たせていただいているのですが、当会以外のボランティアさんと初めて仲良くさせていただいた方です。私はとっても刺激を受け、どんなことにも相談に乗ってくれ、出来ることは何でも協力してくれるとっても心の大きな方です。

これからも、全国のボランティアさんと交流が持てるよう、活動して行こうと思っています。

終わりに

平成一七年六月、(一八歳一一カ月)に敏行が亡くなって今年で五年がたちます。今、元気でいたなら二三歳。亡くなった子の歳を数えるなと言われますが、やっぱり数えてしまいます。どんな青年になっていたんだろう……。

敏行が亡くなってたくさん泣きました。一歩も家から出ることができず、人に会って励ましの言葉を聞くのが辛く、「あなたに私の気持ちがわかるの? 子供を亡くすってどんなことかわかるの?」って言いたい気持ちをぐっと我慢して……。皆さん心配して声をかけて下さるのですが、亡くした当初は素直に聞き入れることができませんでした。

二〇〇八年三月三日に本を出版して今年で二年がたちます。たくさんの方から本を読んでいただいて、たくさんのメールやお手紙をいただきました。

中でも一番多くいただいたのが、看護学生さんでした。夏休みなどの長期休暇のときに課題として、闘病記を読むように言われるそうです。それで、本と巡り合ってくれたのですが、「患者さんを支えている周りの人の気持ちがよくわかった」「患者さんの痛みがすごくよくわかった」「今、生きているだけでも幸せで、貴重なことだと改めて実感させられた」「将来、敏行君のような患者さんをしっかりと支えることができるような、看護師になれるように頑張りたいと思う」と言ってくれました。

その次に多かったのが、敏行と同じ白血病で闘病中の患者さんたちです。

「敏行君の分まで精一杯生き抜きます」「敏行君から、闘う勇気をもらいました」「自分の病気と前向きに向き合う大切さを教えてもらいました」

皆さんの言葉を聞いて敏行の死が無駄になっていない！ と生きていくことが当たり前すぎて考えもしませんが、人は一人では生きてはいけません。皆さんに支えられて、生きていくことができます。今、私は敏行に生かされていると凄く思っています。

人とのつながり、今も現在進行形で、新しい出会いがたくさん生まれています。全て敏行が結んでくれた縁。敏行からの贈り物だと思っています。

敏行は亡くなってしまいましたが、骨髄移植をして、やるだけのことは精一杯やってあげることができました。ごくわずかな可能性にかけ、望みがあるうちはすべてのことをしました。最期の最期には敏行の生命力にかけました。

悔いがないといったら嘘になります。すべてのことをやっても良い結果が出なくて、とても辛い思いをしました。ほんのわずかな奇跡を信じて頑張ってきましたが、それでも救うことができませんでした。敏行の死を決して無駄にしたくありません。これからも私のできることで精一杯がんばっていこうと思っています。

——本書に寄せられた声

命の重さ

石黒卓朗（新潟県立がんセンター新潟病院内科医）

ここまで読んでこられてどのような感想をお持ちになられましたか？〝高野君がかわいそう〟〝白血病って怖い〟等々、さまざまな感想をお持ちになられたことでしょう。私はこの本が、〝命〟について考えるきっかけになって欲しいと思うのです。

普段、命の大切さや重さについて実感することはあまりないと思います。日常を生きるということが、あまりに当たり前すぎるからです。しかしこの世の中には、どんなに生きたくても生きられない人生があるのです。

今でも高野君の目を忘れることができません。その目は〝生きたい〟〝生きたい〟〝先生、俺生きたいんだよ〟と、いつも強く訴えかけてきました。

高野君の闘病生活は壮絶なものでした。抗がん剤の激しい副作用と闘い、目に見えない病魔に対する不安を抱えながら、弱音一つ吐かずに頑張り抜きました。それでも、命をつなぐことができなかったのです。

みなさんは、どんなに生きたくても生きられない、この無念な気持ちをどう思うでしょう？　どれほど生きたいと願っても生きられない〝命〟があるのです。この世の中にこれ以上無念なことはあるでしょうか？　これこそがまさしく命の重さだと思うのです。昨今、殺人事件などの痛ましい事件が毎日のように報道されています。残念でなりません。人の命の重さを心からわかっている人は、そのような残酷なことは絶対にできないはずです。

本当に辛いことや苦しいときがあると思います。しかし、そのときこそ高野君の人生を思い出して欲しいと思います。どんなに辛くても悲しくても、他人を傷つけたり、自分の命を縮めたりすることは絶対にできないはずです。他人にも自分にも優しくなれるはずです。高野君のことを思うたびに、高野君が生きることの大切さや命の重さを十分に教えてくれるはずです。

今一度、この本とめぐり会った意味を考えて欲しいと思います。そして本当に〝命〟の重さが実感できたなら、ご自分にも他人にも優しく生きて欲しいと思います。一人ひとりのその姿勢が、高野君の命の輪を広げていくことにつながるのだと確信しています。

どこかの国の首相が〝命を守る〟政策を掲げていますが、それを実りあるものにするには、今を生きる私たち一人ひとりが命の大切さを深く実感する必要があります。そのためには、幼少期からの命の教育も必要でしょう。そのような命の授業に、ぜひこの本を使って欲しいと思うのです。この本が皆様の人生の羅針盤となり、命優しき人間社会の礎になって欲しいと願っています。

突然の別れ

西村都武

僕が学校で授業を受けていたとき、その電話は鳴った。

「敏行、頑張ったんだけど、ダメだった」

最初は意味が分からなかった。また具合が悪くなったのか？　それで電話をくれたのかと思った。状況を理解できないまま、すぐに学校を早退し、彼の家へと向かった。家に入ると彼はそこにいた。目の前で見ても、まだ寝ているだけだと思っていた。それほど安らかな顔だった。

僕が「とっすぃー……」と呼んでも、目を覚まさない。そこで初めて実感し、涙が自然に溢れていた。ほかの集まってくれた仲間もみんな、泣いていた…。

お通夜では一生分泣いたかもしれない。弔辞を聞いているとき、保育園や小・中・高校といくら思いだしても、まだ足りないくらい次々と、思い出がよみがえった。

一緒にサッカーをしたこと……キャンプをしたこと……旅行に行ったこと……バカな

ことをして先生に怒られたこと……。ここに全然書き切れないくらい、いろいろなことがあった。

彼、とっすぃーは、本当に僕の親友だった。十八年という人生だったけど、それが短かったとは僕は思わない。それほど彼は濃い人生を過ごし、みんなに愛されて来た。

そんな彼は、僕の親友でもあり目標でもある。そして僕は彼の分まで精一杯、今を生きて行かなければいけないと思う。天国で見ている彼に笑われないように……。

とっすぃー、本当にお疲れさま。そしてありがとう。

悲しみを乗り越えて

西村ひろみ

私は、彼女のために何か出来ていたのだろうか……。

いつも自分自身に問いかける。

敏君の闘病中、亡くなった後、そして今も……。

敏君が亡くなってしばらくの間、彼女は家から出なくなった。人と顔を合わせるのが辛いと……。

そんな彼女に私は何をしてあげれば良いのか……。いやきっと何もしてあげることは出来ないんだろう……。それでも家に来て欲しいと言われ何回か訪ねた。

彼女は敏君の死を現実として受け止めることが出来ないでいるように思えた。当たり前だ……「何であの時……」「もっとこうしてあげれば良かった」、彼女の後悔や切ない思いをただ聞いてあげることしか出来なかった……。

そんなある日『青空の会』という遺族の人たちの集まりに参加し、辛くて切ない思いを吐き出して思い切り泣いて来たと聞いた。私がどんなに彼女の気持ちを思いやろうとも、同じ経験をした人でないと絶対分かり得ないこと……。「やっと彼女の居場所が見つかった」と安心したと同時に少し寂しい気もした。私の役割も終ったのかなって……。

そして今度は「本を出そうと思う」といい出した。とてもびっくりしたが、彼女ならきっとやり遂げるんだろうなと、なぜか確信した。様々な困難を乗り越え、本当に出版に漕ぎ着けたときは、彼女の執念を感じた。

それからも彼女は止まることなく、いろいろなことに挑戦している。私はそのたびに、驚かされると同時にパワーをもらえている気がする。

たぶん彼女自身も、空の上の敏君からパワーを受けているのではないか……だから今の彼女は活き活きとしているのだろう。

涙、枯れ果てても

小泉真也（歌手）

「今どこ？」。僕が新潟へ向かう途中に初めて聞いたトシママこと高野由美子さんの電話での第一声でした。この本を読ませていただいて、勝手に抱いていた印象を覆すような弾ける声に、当初びっくりしました。

僕と敏行君は生前にお会いしたことがないのですが、あるホームページで敏行君の本のことを知り、由美子さんにメールさせていただいたのが最初の出会いでした。

お逢いしての第一印象は、元気な肝っ玉母ちゃん！　新潟のお宅にお邪魔して仏壇にお参りさせていただいて、本に書かれていない事もたくさんお話して下さいました。壮絶な闘病生活をされた敏行君。生前のＶＴＲも沢山みせていただきました。

本を読ませていただいても涙が溢れてきて止まらなかったのですが、実際にお話を伺っていても涙なしではいられませんでした。その日からは、たまに連絡をいただいたり、由美子さんの白血病や命に関する講演会で歌手として参加させていただいたりしました。

そういった活動の中でも、由美子さんは涙を流されたことは一度もありません。きっと敏行君の闘病生活の中で、枯れるまで涙を流されたのだと思います。たった一人思いっきり泣ける場所で……。そして敏行君の闘病生活中も、きっと元気いっぱいに涙をみせず看病されていたのだと思います。

後援会の時に、新潟にもゆかりの深いアーティスト、ＫＯＫＩＡさんの「ありがとう……」という曲を、生前の敏行君の元気な姿や闘病中の映像をバックに僕が歌わせていただいたのですが、その映像の中でも敏行君の病室での最後の映像に映る由美子さんと敏行君は、なにより明るい笑顔です。その元気な笑顔に支えられながら敏行君も最後まで頑張ったのだと思います。

現在も沢山の方々と交流を持たれて、骨髄バンクの推進活動をなされています。息子さんのかけがえのない命を無駄にしないために、由美子さんをはじめ、ご家族の皆さんが一丸となって協力され、一生懸命に繋がっていく命を守ろうと必死に活動されている姿に、非常に心を打たれます。

そしてなにより驚いたのが、つい最近になり由美子さんご自身が骨髄バンクに登録され、ドナー適合で骨髄を実際に提供されたこと。僕も骨髄バンクに登録させていただいているのですが、沢山の難関があり、なかなか提供させていただくまでに及ばないほど、現実の提供には高いハードルがあります。

きっと天国の敏行君がご家族の活動に力を与えていらっしゃるのでしょうね。これからも沢山の命や人の輪が繋がっていくことを心よりお祈りしています。

救える命があることを

小野寺　南波子（骨髄バンクを支援するやまがたの会　会長）

一昨年の何月頃だっただろうか、『にいがた・骨髄バンクを育てる会』の会報と共に、新聞記事のコピーが届いた。

高野由美子さんが息子さんへの思いを綴った本『俺、マジダメかも知れない…』を出版されたこと、そして命の尊さと骨髄バンクの大切さを訴える『骨髄バンク草の根語りべ』を始めたというものだった。

本の〝はじめに〟に綴られているお母さんの、「敏行への思いや敏行のこと全てを、本として残そう」という気持ち。まさに私の気持ちそのものだった。ああ、ここにも壮絶な闘病に果敢に挑んだ青年がいた。そして私と同じような母親がいる、と。

敏行くんが18歳、私の息子、守は17歳で旅立った。病名は〝急性リンパ性白血病〟。でも、時代が違う。マモ（私は息子を〝マモ〟と呼んでいた〟）の発病は平成2年5月。白血病＝不治の病の時代だった。闘病中、平成3年12月に日本骨髄バンクが誕生した。そして、骨髄バンクによる非血縁者間骨髄移植の第一例目は平成5年1月28日。マモは平成4年10月4日に他界している。骨髄バンクがありながら救ってやれなかった。

敏行くんは、白血病は助けられる時代と言われるようになってからの発病。それなのに、あまりにも壮絶な闘病の毎日。そんな中での骨髄移植。移植後42日で再発。見守ることしか出来なかった母親の思い。

（私も血を吐く思いの毎日だった、と振り返って思う）

私は、マモが旅立った時、時間が止まった。なぜ、息子がいないのに自分だけ生きていかなければならないのか。人間を止めたいと思いつめるまでになったが、拙著『マモ、天国の住所を教えて』を出版したことで、私の人生はまた少し変わった。

現在、骨髄バンクのボランティアをしたり、「いのち」「生きることの意義」などのテーマの講演をさせていただいている。また、息子が闘病中に書いた『ＭＡＭＯのメッセージ』を全国各地で展示いただいている。

高野由美子さんとの出逢いは、もしかしたら、〝敏行くん〟と〝守〟がくれた指令なのかも知れないと思ったりする。逢うべくして逢った、そんな気がしてならない（もちろん、これは私だけかも知れないのだか……）。

息子の死を無駄にしたくない。救える命があることを伝えることが私たち母親のライフワークなのだと思うから……。

■ 著者プロフィール

高野由美子（たかの ゆみこ）

新潟県出身、在住。

現在、講演会など看護に関する取り組みにも精力的に活動している。

HP: トッシーと仲間たち　http://toshii.jp/

■ 敏行のプロフィール

高野敏行（たかの としゆき）

1986年7月17日生まれ。2005年6月28日逝去。

性格／根はひょうきん、でもイメージはクール。意外とまじめで何事にも一生懸命。楽しいことが大好き！　淋しがりや。

趣味／服を買うこと（ショッピング）、小学校からやっていたバスケを高校でも続け、４歳からはじめたピアノは発病するまでレッスンに通っていた。また、バンドでギター・ベースを弾いていた。

高校時代にバンド「WACK－C」を結成。リーダーを勤めベースを担当。ライブ活動をし、入院（発病）する４日前、体がきついといいながらもライブをこなしていた。入院中、一時退院のときに看護師になると決め、国際メディカル専門学校看護学科を受験、合格。

増補版
俺、マジダメかもしれない……
「急性リンパ性白血病」で逝った最愛の息子へ

2010年４月20日　第１刷発行

著者／高野由美子　発行人／瀬戸弥生　発行／JPS出版局
発売／太陽出版
〒113-0033　東京都文京区本郷4-1-14
電話 03-3814-0471　FAX 03-3814-2366
E-mail jps@aqua.ocn.ne.jp
編集／細原香里　企画／西岡裕司　装幀／鈴木未都
装画／末吉陽子　本文デザイン／落合雅之
印刷・製本／㈱シナノ
 ISBN978-4-88469-665-8